A VOLTA AO MUNDO EM 80 DIAS

Tradução e adaptação
WALCYR CARRASCO

A VOLTA AO MUNDO EM 80 DIAS
JÚLIO VERNE

2ª edição revista
São Paulo

Ilustrações
WEBERSON SANTIAGO

© WALCYR CARRASCO, 2012
1ª edição 2007

COORDENAÇÃO EDITORIAL Maristela Petrili de Almeida Leite
EDIÇÃO DE TEXTO Carolina Leite de Souza, José Carlos de Castro
COORDENAÇÃO DE PRODUÇÃO GRÁFICA Dalva Fumiko
COORDENAÇÃO DE REVISÃO Elaine Cristina del Nero
REVISÃO Sandra Garcia Cortés
COORDENAÇÃO DE EDIÇÃO DE ARTE Camila Fiorenza
PROJETO GRÁFICO Camila Fiorenza
ILUSTRAÇÕES DE CAPA E MIOLO Weberson Santiago
DIAGRAMAÇÃO Cristina Uetake, Vitória Sousa
PESQUISA ICONOGRÁFICA Carol Böck, Mariana Veloso, Flávia Aline de Morais e Marcia Sato
COORDENAÇÃO DE *BUREAU* Américo Jesus
TRATAMENTO DE IMAGENS Fábio N. Precendo
PRÉ-IMPRESSÃO Alexandre Petreca, Everton L. de Oliveira Silva, Helio P. de Souza Filho, Marcio Hideyuki Kamoto
COORDENAÇÃO DE PRODUÇÃO INDUSTRIAL Wilson Aparecido Troque
IMPRESSÃO E ACABAMENTO Gráfica Star7
LOTE 797320
CÓDIGO 12079789

A TRADUÇÃO FOI BASEADA NA EDIÇÃO:
LE TOUR DU MONDE EM 80 JOURS, DE JÚLIO VERNE,
SEGUNDO FOLIOPLUS CLASSIQUES, ÉDITIONS GALLIMARD.

Dados Internacionais de Catalogação na Publicação (CIP)
(Câmara Brasileira do Livro, SP, Brasil)

Carrasco, Walcyr, 1951-
 A volta ao mundo em 80 dias / Júlio Verne ;
tradução e adaptação Walcyr Carrasco. — 2. ed. —
São Paulo : Moderna, 2012. — (Série clássicos universais)

 ISBN 978-85-16-07978-9

 1. Literatura infantojuvenil I. Verne, Jules,
1828-1905. II. Título. III. Série.

12-05452   CDD-028.5

Índices para catálogo sistemático:
1. Literatura infantojuvenil 028.5
2. Literatura juvenil 028.5

Reprodução proibida. Art.184 do Código Penal e Lei 9.610 de 19 de fevereiro de 1998.

Todos os direitos reservados

EDITORA MODERNA LTDA.
Rua Padre Adelino, 758 - Quarta Parada
São Paulo - SP - Brasil - CEP 03303-904
Vendas e Atendimento: Tel. (11) 2790-1300
www.moderna.com.br
2025
Impresso no Brasil

Sumário

A volta ao mundo em 80 dias – Marisa Lajolo, 9

1 – Patrão e criado, 31
2 – O emprego dos sonhos, 38
3 – Uma aposta arriscada, 43
4 – A partida, 55
5 – Cavalheiro ou ladrão?, 61
6 – A impaciência de Fix, 65
7 – O passaporte e o detetive, 72
8 – Um criado de língua solta, 77
9 – Movimentação a bordo, 83
10 – Passepartout perde os sapatos, 91
11 – Um elefante valioso, 100
12 – Travessia da floresta, 111
13 – Um plano arriscado, 122
14 – O vale do Ganges, 132
15 – Bolsa mais leve, 139
16 – A falsidade do detetive, 149
17 – De Cingapura a Hong Kong, 156
18 – Um golpe de sorte, 163

19 – O golpe, 169

20 – Navio perdido, 180

21 – A tempestade, 189

22 – As aventuras de Passepartout, 198

23 – Quando cresce um nariz, 208

24 – Cruzando o Pacífico, 217

25 – Manifestação em San Francisco, 226

26 – Detidos por búfalos, 233

27 – A palestra do missionário, 236

28 – A toda velocidade, 243

29 – Ataque indígena, 255

30 – Questão de honra, 265

31 – A ideia do detetive, 276

32 – Luta contra a má sorte, 285

33 – O navio se transforma em combustível, 292

34 – A prisão, 304

35 – Pedido de casamento, 310

36 – A surpresa, 317

37 – Felicidade, o maior prêmio, 322

Por que amo *A volta ao mundo em 80 dias* – Walcyr Carrasco, 330
Quem foi Júlio Verne, 332
Quem é Walcyr Carrasco, 334

A VOLTA AO MUNDO EM 80 DIAS

Marisa Lajolo

Livros de viagem

Na coleção Viagens extraordinárias, título sob o qual o editor Pierre Jules Hetzel editava as obras do escritor francês Júlio Verne (1828-1905), o extraordinário ficava por conta do destino das viagens. As personagens iam para lugares exóticos e desconhecidos, como, por exemplo, o mundo submarino (*Vinte mil léguas submarinas* [1870]) ou o centro do nosso planeta (*Viagem ao centro da Terra* [1864]).

Este livro que você tem em mãos, no entanto, foge a essa regra: o caráter extraordinário da viagem que *A volta ao mundo em 80 dias* narra é creditado à rapidez com que Phileas Fogg (o protagonista) e seu fiel empregado Jules Passepartout cobrem um longo percurso iniciado na cidade de Londres e para lá voltando. Como antecipa o título — a viagem dura apenas oitenta dias.

Você acha que é muito tempo para dar a volta ao mundo?

Veja só: a época em que se passa a história é o final do século XIX, como informa o começo da história: "Em 1872 vivia em Londres um homem misterioso chamado Phileas Fogg" (p. 31). Naquele tempo — 1872 — não havia aviões. Os únicos meios de transporte disponíveis para viagens internacionais eram trens e navios. Ou, em casos extremos e alternativos como uma extraordinária situação vivida pelo protagonista do livro... um elefante! Mas, nas últimas décadas do século XIX, mesmo navios e trens eram muito, mas muuuito mais lentos do que os de hoje.

Daí a novidade prometida pelo título do livro e mantida ao longo de suas mais de cem páginas: uma história em que alguém dizia ser capaz de dar a volta ao mundo em menos de três meses. Os leitores se admiravam e liam com muito interesse e (talvez) com uma pontinha de incredulidade: será possível dar a volta à Terra em oitenta dias?

Será? E hoje, para nós, habitantes do século XXI, familiarizados até com viagens interplanetárias, oitenta dias para viajar apenas ao redor de nosso planeta é um tempão!

Um suspense encadeado

O suspense do livro se constrói, em primeiro plano, pelas dificuldades de o protagonista cumprir o prazo estabelecido para sua viagem. Tudo tinha de ser milimetricamente planejado, organizado nos mínimos detalhes. E o suspense ainda fica mais intenso quando o leitor fica sabendo — e fica sabendo logo no início da história — que o cumprimento do prazo da viagem era objeto de uma aposta muito alta. Vinte mil libras, um dinheirão ainda hoje, quanto mais naquela época! E, como se não bastasse, a história da viagem se entrelaça ainda à história de um roubo a banco. Mais milhares de libras esterlinas entram na história, desta vez cinquenta e cinco mil! É atrás delas que entra na história outra personagem: o policial inglês Fix.

Ou seja, um livro que pelo título prometia apenas uma história de viagem, acaba oferecendo também uma história de detetive!

Lucro para o leitor, não é mesmo?

Narrada por um narrador externo — isto é, por alguém que não participa da história —, a narração começa por familiarizar o leitor com a personalidade do protagonista, o misterioso inglês Phileas Fogg. Logo no início, o leitor fica sabendo que, na vida do protagonista, "tudo era cronometrado e as regras domésticas, mantidas com extrema exatidão" (p. 34), pois Fogg "Era um daqueles homens tão exatos quanto um cronômetro" (p. 39).

Sujeito estranho, podem pensar os leitores... E talvez tenham razão!

É na interação com outras personagens que Fogg manifesta seu modo de ser: como anunciado nas primeiras páginas do livro, ele era detalhista e metódico ao extremo. A exatidão de seus gestos e os pormenores dos planos que ele traçava (e que esperava que todos cumprissem!) podem às vezes soar como uma espécie de caricatura de uma pessoa organizada.

Da organização de sua casa na rua Saville a seus planos de viagem, não há lugar para o imprevisto, até que... Não! Não vou estragar o suspense de sua leitura!

A reescritura que Walcyr Carrasco faz da história de Júlio Verne é fidelíssima: mantém todos os traços originais dela, e acrescenta as notas necessárias para uma divertida leitura contemporânea. Passado numa época em que o mapa político do mundo e os valores éticos vigentes eram bastante diferentes dos de hoje, o romance também expõe a seus leitores comportamentos, movimentos ideológicos e opiniões políticas vigentes ao tempo de sua publicação (1873).

O imperialismo e colonialismo da Inglaterra, por exemplo, se fazem presentes no romance e são, inclusive, determinantes de algumas de suas passagens mais emocionantes. Costumes e leis que separam pessoas umas das outras ou pelo nascimento ou pela posição social ou pela riqueza fazem parte da história, percorrem-na do começo ao fim e são inclusive responsáveis por algumas das aventuras vividas pelas personagens.

Viajantes ou turistas?

A viagem que o livro narra se inicia em Londres, na Inglaterra. Passa pela França, Itália, Egito, Índia, China, Japão e Estados Unidos. E se encerra no retorno a Londres.

Trata-se, como se vê, de um percurso circular, que cruza diferentes territórios e cenários nos quais contracenam seres humanos e desenrolam-se paisagens muito variadas. Florestas, montanhas, planícies, rios e mares sucedem-se. O protagonista Fogg parece não se dar conta disso, mas o leitor não fica no prejuízo: a descrição de diferentes paisagens e costumes, vestuários e danças, comidas e aparência corporal é trazida para a história por vozes distintas da voz de Phileas Fogg. Salvo raras (e decisivas!) situações, sua preocupação maior é com o cumprimento do prazo estabelecido para a viagem.

É nessa função de comentar o que encontra em vários pontos da viagem que sobressai a personagem Jean Passepartout, empregado de Fogg, e que acompanha o patrão na viagem. De nacionalidade francesa — como indica seu nome —, Passepartout traz ainda para a narração momentos de humor, a partir das trapalhadas em que se envolve.

Algumas dessas trapalhadas decorrem de diferenças de costumes e de crenças entre povos de cultura ocidental (como franceses e ingleses) e povos de outras culturas (indus e japoneses, por exemplo). As cenas cômicas da história são um bom momento para leitores contemporâneos — como você! — refletirem sobre a história do respeito ao outro no mundo.

Ao serem transportados nas páginas da história ao redor do mundo, os leitores deste livro de Júlio Verne têm uma visão panorâmica de costumes de povos considerados exóticos pelos europeus no século XIX. No enredo, japoneses, indus e chineses são apresentados — pela voz e pelas ações sobretudo de Passepartout — como tendo modos de vida bastante distintos do modo de vida europeu. O que, é claro, é verdade, mas não justifica preconceitos nem zombarias.

Nem a passagem dos viajantes pela América do Norte escapa dessa perspectiva de exotismo com que o romance apresenta os costumes dos não europeus. No percurso da Califórnia para Nova York, Júlio Verne monta uma cena de ataque de índios e ridiculariza a figura de um missionário.

Esses valores — quem não é europeu é exótico — manifestam-se como que no avesso dos episódios principais da história. Mas talvez ganhem força pela veracidade e objetividade de passagens do livro, como a menção ao museu de cera de Madame Tussaud em Londres, ou a efetiva assinatura (em 1868, nos Estados Unidos) de um tratado de respeito às terras indígenas, ou ainda à inauguração da rede ferroviária da Índia.

Júlio Verne podia supor que os leitores das primeiras edições do livro, tendo lido sobre esses assuntos no jornal, se interessariam mais pela sua história.

Elemento fundamental da história da longa viagem de Fogg e de seus companheiros é a delicada relação tempo/espaço. Nesse aspecto, este livro de Júlio Verne aproxima-se de outras obras suas. Ao trazer para a história noções formuladas pela geofísica, ao apontar a alteração do tempo do relógio no cruzamento de meridianos, o autor marca seu livro com o selo dos demais: a chancela da ficção científica: "(...) aqui em Suez temos duas horas de diferença, devido ao fuso horário" (p. 79).

Peça fundamental para o desenlace da história, a questão do tempo é antecipada nas inúmeras passagens em que são feitas alusões à resistência de Passepartout em acertar seu relógio pela hora local dos vários lugares que percorria:

"— Mexer no meu relógio? (...)

— Se não fizer isso, nunca terá a hora certa durante a viagem, nem estará de acordo com o Sol.

— Pior para o Sol! Ele é que estará errado" (p. 79).

Uma viagem interior

Na sucessão ininterrupta de países e continentes pelos quais *A volta ao mundo em 80 dias* leva seu leitor, a história também ultrapassa a dimensão de um simples livro de viagens.

Como acontece até hoje, viajantes quase sempre mudam ao longo do trajeto. Novos valores, novos comportamentos, novas maneiras de encarar a vida. O contato com culturas e povos diferentes quase nunca é inócuo. Deixa marcas. Como você vai ver, as personagens ao final da história estão transformadas. São quase outras pessoas. Será que os leitores também saem transformados pela leitura deste livro?

Santos Dumont, o brasileiro inventor do avião, diz que sim, e credita a Júlio Verne seu interesse pela aviação: "Meu primeiro professor de aeronáutica foi Júlio Verne, esse grande visionário". (http://vanucci-jornaldovanucci.blogspot.com/2012/01/esses--geniais-inventores-cesar-. Consulta em 22/02/2012) É bem possível! O caso é que a história que Júlio Verne conta aqui — como todas as demais que publicou — é tão cheia de suspense e tão confiante no envolvimento proporcionado pela leitura, que o escritor a encerra com uma pergunta dirigida ao leitor. Quando chegar lá, confira. Como você responde a ela?

Linha do tempo
A volta ao mundo em 80 dias, de Júlio Verne

Marisa Lajolo
Luciana Ribeiro

1828	Nascimento de Júlio Verne.
1850	Júlio Verne compôs, com Alexandre Dumas Filho, uma comédia em verso: *Les pailles rompues* (contratos rompidos).
1863	Publicação do primeiro romance de Júlio Verne: *Cinco semanas em um balão*.
1864	Publicação de *Viagem ao centro da Terra*.
1870	Publicação de *Vinte mil léguas submarinas*.
1872	Publicação de *A volta ao mundo em 80 dias*, inicialmente como folhetim no jornal parisiense *Le Temps*.
1874	Publicação de *A ilha misteriosa*, romance de Júlio Verne, no qual reaparece o capitão Nemo, um dos protagonistas de *Vinte mil léguas submarinas*.
1881	Lançamento, por Júlio Verne, do romance *A jangada*, que tem por cenário o mundo amazônico.
1886	Tradução (por Mariano Cyrillo de Carvalho) para o português de *Viagem ao centro da Terra*, pela editora lisboeta David Corazzi.
	Júlio Verne é alvejado na perna por seu sobrinho, Gaston Verne.
	Tradução (por A. M. da Cunha e Sá) para o português de *A volta ao mundo em 80 dias*, pela editora lisboeta David Corazzi.
1887	Tradução (por Gaspar Borges de Avelar e Francisco Gomes Moniz) para o português de *Vinte mil léguas submarinas*, pela editora lisboeta David Corazzi.

1888	O romance brasileiro *O Ateneu* (de Raul Pompeia) inclui uma cena em que Júlio Verne é lido na biblioteca da escola.
1893	O romance brasileiro *A Normalista* (de Adolfo Caminha) inclui uma cena em que a leitura de Júlio Verne é recomendada às estudantes.
1905	Falecimento de Júlio Verne. A morte do escritor é noticiada pelo *Jornal do Brasil*.
	Primeiro filme inspirado em *Vinte mil léguas submarinas*
1907	Olavo Bilac, em crônica, registra a cena de um jovem, na biblioteca nacional (Rio de Janeiro), lendo de forma apaixonada um livro de Júlio Verne.
	Em carta ao amigo Godofredo Rangel, Monteiro Lobato relata a cena de um hoteleiro, no interior de São Paulo, que sabia de cor livros de Júlio Verne.
C. 1915	Registro de leitura entusiasmada de Érico Veríssimo das obras de Júlio Verne.
1924	Em entrevista à revista francesa *Je Saus Tout*, Alberto Santos Dumont declarou: "Meu primeiro professor de aeronáutica foi Júlio Verne". Esta declaração foi inclusa, em 1982, em uma matéria do jornal *Diário da Tarde*.
1932	Lançamento do livro *Viagem ao céu*, de Monteiro Lobato, no qual S. Jorge (na Lua) faz referência à obra de Júlio Verne.
1938	Transmissão radiofônica de *A volta ao mundo em 80 dias* por Orson Welles, na estação *The Mercury Theatre on the air*.
1954	Versão cinematográfica de *Vinte mil léguas submarinas* com Kirk Douglas (pai de Michel Douglas) no elenco.
	A marinha norte-americana lança o primeiro submarino nuclear, e dá-lhe o nome *Nautilus*, em homenagem a Júlio Verne.
1956	Nova versão cinematográfica de *A volta ao mundo em 80 dias* por Michael Anderson, com David Niven, Cantinflas, Shirley MacLaine, Frank Sinatra, entre outros.

1958	Lançamento pela Ebal de versão quadrinizada de *Vinte mil léguas submarinas*
1959	Versão cinematográfica de *Viagem ao centro da Terra*, com James Mason como protagonista, Arlene Dahl e Pat Boone
1967	Série em desenho animado de *Viagem ao centro da Terra*, produzida pela Filmation e pelo canal ABC
1975	Apresentação do cantor Rick Walkeman, autor da canção "Jorney to the centre of the earth", acompanhado, no Brasil, da Orquestra Sinfônica Brasileira e do Coral da Universidade Gama Filho
1988	Versão humorada, com adaptação e desenhos de Chiqui de La Fuente de *A volta ao mundo em 80 dias*
1992	Espetáculo *Viagem ao centro da Terra* com Júlia Lemmertz e Otávio Muller. Direção de Bia Lessa
2004	Lançamento de nova versão de *Vinte mil léguas submarinas* em desenho animado pela VTO Continental
2004	Nova versão cinematográfica de *A volta ao mundo em 80 dias*, de Frank Coraci, com Jackie Chan, Steve Coogan e Arnold Schwarzenegger
2007	Espetáculo de teatro de bonecos inspirado em *Vinte mil léguas submarinas* com o grupo Giramundo
2008	Nova versão cinematográfica de *Viagem ao centro da Terra*, por Eric Brevig, com Brendan Fraser e Josh Hutcherson
2008	Versão de *A volta ao mundo em 80 dias* em Game on Line
2008	Minissérie *Viagem ao centro da Terra*, com Victoria Pratt e Peter Fonda
2008	Versão quadrinizada de *Viagem ao centro da Terra* pela Companhia Editora Nacional
2009	Apresentação pela TV Cultura do documentário "A extraordinária viagem de Júlio Verne"
2009	Homenagem da escola de samba União da Ilha do Governador a Júlio Verne

A volta ao mundo em 80 dias

2010	Lançamento em quadrinhos pop-up de *Vinte mil léguas submarinas*. Tradução de Fernando Nuno e Bruno S. Rodrigues
2011	Edição digital de *Vinte mil léguas submarinas*
	Apresentação pela TV Escola do documentário "Meu Júlio Verne"
	Novo lançamento em quadrinhos de *A volta ao mundo em 80 dias*. Tradução de Alexandre Boide
	Prêmio APCA – Associação Paulista de Críticos de Arte (Melhor ator e direção) para espetáculo infantil inspirado em *A volta ao mundo em 80 dias*. Companhia Solas de Vento
	Homenagem do *Google* a Júlio Verne com um Doodle equipado com um comando especial, pelo qual os cibernautas podem comandar o *Nautillus*
	Apresentação pelo *Théâtre du Suleil* no Brasil de *Os náufragos da louca esperança*, espetáculo baseado no romance póstumo de Júlio Verne *Os náufragos do Jonathan*

Referências:

http://www.scifitupiniquim.com.br/index.php?option=com_content&view=article&id=925:a-lista-dos-livros-obrigatorios-de-ficcao-cientifica-segundo-a-revista-ciencia-hoje&catid=37:fique-por-dentro&Itemid=55 (acesso em 04/fev./2012).

http://www.ultimosdiasdegloria.com/Materias/Resenhas/Resenha_002.htm (acesso em 06/fev./2012).

http://jvernept.blogspot.com/2011/11/volta-ao-mundo-em-80-dias-de-2004-na-tv.html (acesso em 08/maio/2012).

http://www.ihgrgs.org.br/Contribuicoes/centenario_morte_julio_verne.htm (acesso em 08/maio/2012).

http://www.funarte.gov.br/teatro/teatro-dulcina-recebe-diretora-e-atores-do-theatre-du-soleil/ (acesso em 08/maio/2012).

http://pt.wikipedia.org/wiki/Bia_Lessa (acesso em 08/maio/2012).

http://vanucci-jornaldovanucci.blogspot.com/2012/02/quem-quer-vai-cesar-vanucci-meu.html (acesso em 08/maio/2012).

http://revistacult.uol.com.br/home/2010/03/entrevista-carlos-heitor-cony-2/ (acesso em 08/maio/2012).

PAINEL DE IMAGENS

Retrato de Júlio Verne, meados do século XIX.

Capa da tradução portuguesa de *A volta ao mundo em 80 dias*, produzida pela editora lisboeta David Corazzi, 1886.

Ilustração inicial para edição conjunta de dois dos primeiros livros de Júlio Verne: *Cinco semanas em um balão* e *Viagem ao centro da Terra*, 1864.

Frontispício de edição de 1871 de *Viagem ao centro da Terra*.

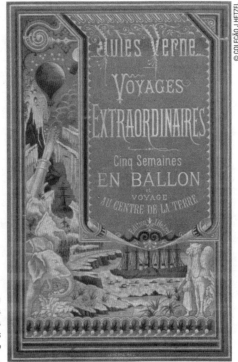

Capa de edição dupla da coleção "Viagens extraordinárias", com as histórias de *Cinco semanas em um balão* e *Viagem ao centro da Terra*, 1864.

Ilustração de Alphonse de Neuville e Léon Benett para *A volta ao mundo em 80 dias*, 1872.

Ilustração de Alphonse de Neuville e Léon Benett para *A volta ao mundo em 80 dias*, 1872.

Frontispício da primeira edição de *A ilha misteriosa*, 1874.

Construção de linha de trem no centro de Londres, aproximadamente 1869.

Visão geral do Smithfield Market, em Londres, na qual se pode observar muitos cavalos e carruagens ao redor do prédio, aproximadamente 1870.

Vista da Queen Street, em Londres, aproximadamente 1870-1900.

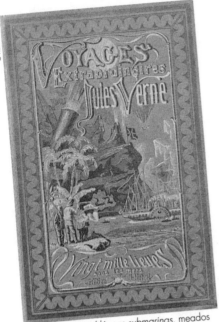

Capa de *Vinte mil léguas submarinas*, meados do século XIX.

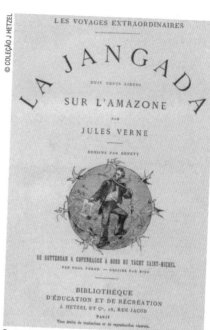

Frontispício de edição de *A jangada*, livro de Júlio Verne, s/d.

Cartaz de versão de *A volta ao mundo em 80 dias* para o cinema. Produção norte-americana digirida por Michael Anderson, 1956.

Cartaz do filme *A volta ao mundo em 80 dias*, adaptação norte-americana da obra homônima de Júlio Verne. Dirigido por Frank Coraci, com Steve Coogan e Jackie Chan, 2004.

Capa de versão em quadrinhos de *A volta ao mundo em 80 dias*, 2011.

1
PATRÃO E CRIADO

Em 1872, vivia em Londres um homem misterioso chamado Phileas Fogg. Era discreto. Jamais chamava a atenção sobre si mesmo. Pouco se sabia sobre sua vida. Amável e refinado, demonstrava em todos os gestos ser um cavalheiro, e por isso causava ótima impressão na alta sociedade britânica.

Sem dúvida, era inglês. Mas não parecia ter nascido em Londres. Nunca fora visto especulando na Bolsa de Valores. Ou em algum dos escritórios do centro comercial da metrópole. Nem participava da diretoria de qualquer banco. No porto da cidade jamais ancorou algum navio de sua propriedade. Não pertencia ao corpo administrativo de nenhuma empresa. Jamais entrara com uma causa em algum tribunal. Não era industrial, comerciante ou agricultor. Nem membro de qualquer instituição artística ou literária, nem do conselho de um museu. Nem de um órgão da importância do Instituto das Artes e Ciências, protegido pela rainha, que toda a sociedade inglesa fazia questão de prestigiá-lo. Também não frequentava nenhuma das associações que naquela época abundavam na capital inglesa.

Phileas Fogg era membro do Reform Club, e tão somente. Era um endereço muito bem considerado, só frequentado por homens. Seus sócios, a maioria, eram membros do Parlamento ou ligados à indústria e ao comércio. Embora pertencessem à elite, eram ligados ao Partido Liberal e defendiam os interesses das classes trabalhadoras junto ao governo inglês. Não tinha, porém, somente finalidades políticas. Como todo clube masculino da época, oferecia instalações para os cavalheiros passarem o dia todo, e até dormirem se assim desejassem. Em suas dependências havia um bom restaurante, salas de jogos, leitura e convivência. Tratava-se de um local para homens de negócios e políticos com ideias afins se encontrarem, conversarem, discutirem as notícias dos jornais. Ou, se fosse o caso, se hospedar por algum tempo. Para alguém se filiar, era necessária uma boa apresentação e a aprovação dos outros membros.

Sendo tão discreto a respeito de si mesmo, e tão pouco ligado ao mundo empresarial, como Phileas Fogg conseguira ser admitido em um clube tão exclusivo? Quem fizesse essa pergunta seria informado de que a aprovação de seu nome fora recomendada pelos irmãos Baring, em cujo banco guardava uma boa quantia.

Phileas Fogg era rico? Sem dúvida. Mas ninguém sabia a origem de sua fortuna. Ele próprio seria a última pessoa a quem teriam ousado fazer tal pergunta. Não era mão-aberta. Tampouco se podia chamá-lo de avarento. Quando lhe pediam auxílio para alguma causa nobre, ele contribuía discretamente, muitas vezes exigindo anonimato.

Resumindo: não havia ninguém menos comunicativo do que esse cavalheiro. Falava o mínimo possível, e, quanto mais silencioso se mostrava, mais misterioso parecia. Sua vida era tão transparente e ordenada, sua rotina tão metódica, que as pessoas imaginavam a existência de algum segredo oculto em seu passado.

Teria viajado? Muito provavelmente. Ninguém demonstrava decifrar melhor o mapa-múndi. Não havia lugar, por mais distante, que ele não parecesse conhecer de maneira particular. Certamente, viajara por todo o globo terrestre.

Entretanto, havia muitos anos Phileas Fogg não saía de Londres. Quem o conhecia um pouco melhor afirmava que, com exceção do caminho percorrido diariamente da casa ao clube, nunca fora visto em qualquer outro lugar. Seu único passatempo era ler o jornal e jogar cartas. Não tinha mulher nem filhos. Vivia solitariamente em sua mansão da rua Saville, para a qual ninguém era convidado. Mantinha somente um criado. Almoçava e jantava no clube, sempre no mesmo horário, na mesma mesa. Jamais convidava alguém, amigo ou estranho, para compartilhar a refeição. Só retornava a sua casa para dormir, à meia-noite em ponto. Era requintado, como indicavam seus hábitos gastronômicos. A cozinha do clube lhe oferecia pratos de alta gastronomia, servidos por criados de casacas pretas, em baixela especial. Bebia xerez ou Porto em finíssimos copos e taças de cristal. Vivia como um excêntrico, mas de forma muito agradável!

Sem ser suntuosa, a mansão da rua Saville era extremamente confortável. Devido aos hábitos repetitivos de seu morador, o trabalho doméstico era mínimo. Mas tudo era cronometrado, e as regras domésticas mantidas com extrema exatidão. Phileas Fogg exigia o máximo de pontualidade e regularidade de seu único criado. Naquele mesmo dia, dois de outubro, demitira James Forster. Somente porque o rapaz lhe trouxera a água para se barbear dois graus a menos do que fazia questão. No momento em que começa essa história, Phileas Fogg aguardava um novo candidato, que deveria se apresentar entre onze e onze e meia da manhã.

O cavalheiro sentava-se rigidamente em sua poltrona, com os pés unidos como os de um soldado em forma, mãos apoiadas nos joelhos. Expressão séria, cabeça erguida, observava o movimento dos ponteiros do relógio da sala. Um relógio de tipo bem complicado, por sinal. Indicava as horas, os minutos, segundos, dias, data do mês e do ano. Era preciso uma boa dose de atenção para acompanhar todos os ponteiros. Ao soar onze e meia, pretendia, como de hábito, sair para passar o dia no clube.

Bateram à porta da sala onde se encontrava.

James Forster, o criado demitido, entrou acompanhado por um rapaz de aparência atlética.

— Este é John, que veio ser entrevistado para o cargo. Ele é francês — apresentou-o Forster.

— Você é francês e seu nome é John? — admirou-se Phileas Fogg.

— Se for de seu agrado, prefiro ser chamado de Jean. Embora os nomes sejam equivalentes, nasci na França. Meu nome completo é Jean Passepartout. Meu sobrenome quer dizer "chave-mestra". Ou seja, aquela que abre qualquer fechadura! Sem querer me exibir, meu sobrenome expressa minha aptidão natural para resolver qualquer problema!

— Qual a sua experiência?

— Sou um rapaz honesto, senhor. Mas, para ser franco, já tive muitas profissões. Fui cantor nas ruas e artista de circo, onde cheguei a dançar sobre uma corda! Mais tarde, me tornei professor de ginástica! Finalmente, trabalhei como bombeiro em Paris. No meu currículo tenho incêndios inesquecíveis! Há cinco anos deixei a França. Por desejar o conforto da vida doméstica, tornei-me criado na Inglaterra. Atualmente, estou desempregado. Soube que o senhor Phileas Fogg é um homem que aprecia a rotina. Chegaram a me dizer que é o cavalheiro mais sedentário do Reino Unido! Por isso resolvi me candidatar ao cargo de seu criado. Não tenho medo do trabalho, mas quero fugir de problemas e agitação! Sonho com tranquilidade, paz!

— Tenho boas referências a seu respeito — observou Phileas Fogg. — Conhece minhas condições?

— Sim, senhor.

— Ótimo. Que horas são?

— Onze horas e vinte e dois minutos — respondeu o rapaz, tirando um enorme relógio de prata das profundezas do bolso de seu colete.

— Seu relógio está atrasado — afirmou Fogg.

— Senhor, perdoe-me, mas é impossível!

— Atrasado quatro minutos! Não importa. É suficiente constatar a diferença. A partir deste momento, onze horas e vinte e nove minutos da manhã, nesta quarta-feira, dois de outubro de 1872, você está a meu serviço.

Dito isso, Phileas Fogg levantou-se. Pegou seu chapéu com a mão esquerda, colocou-o na cabeça com um movimento automático e saiu sem dizer palavra.

O novo criado, Jean Passepartout, ouviu a porta da rua fechar uma vez — era seu novo patrão que saía. Em seguida, uma segunda — era seu predecessor, James Forster, que ia embora.

Passepartout ficou sozinho na mansão.

2
O EMPREGO DOS SONHOS

"Palavra de honra", pensou o criado, ainda surpreso. "Até no museu de cera de Madame Tussaud conheci personagens mais animados que meu patrão!"

É bom esclarecer: o museu de Madame Tussaud, que atrai milhares de visitantes anualmente, é famoso pelas figuras de cera criadas com perfeição. Só faltam falar!

Durante a curta entrevista, Jean Passepartout avaliara seu novo patrão. Phileas Fogg aparentava cerca de quarenta anos, com um aspecto elegante e simpático. Era alto. Um pequeno excesso de gordura não prejudicava a aparência. Cabelo e barba louros, testa lisa, sem rugas, rosto mais pálido que rosado e dentes perfeitos. Sereno, fleumático, de olhar transparente, pálpebras imóveis, era o tipo acabado do inglês de sangue-frio. Nos diversos aspectos de sua existência, esse gênero de cavalheiro transmite a impressão de agir com calma absoluta em qualquer situação. Efetivamente, Phileas Fogg personificava o equilíbrio!

Era um daqueles homens tão exatos quanto um cronômetro. Nunca demonstrava pressa. Mostrava-se econômico até na mínima atitude. Não dava um passo a mais que o necessário. Sempre escolhia o caminho mais curto. Evitava gestos supérfluos. Ninguém nunca o vira comovido ou perturbado. Jamais se apressava. Mas sempre chegava pontualmente. A vida a seu lado prometia ser calma ao extremo, rotineira, sem surpresas de qualquer espécie!

Para Jean Passepartout parecia o patrão ideal. Após cinco anos trabalhando como criado na Inglaterra, o francês havia procurado com empenho um patrão em cuja casa pudesse viver sem sobressaltos. Passepartout não era o tipo de empregado pernóstico, de nariz para cima, que provoca antipatia ao primeiro olhar. Pelo contrário. Tratava-se de um rapaz simpático e de boa aparência. Meigo e serviçal, com o rosto arredondado e sorriso pronto, muito amigável. Seus olhos eram azuis, a pele corada, o rosto cheio, o peito amplo, o corpo robusto e os músculos vigorosos. Também era muito forte, graças aos exercícios praticados desde o início da juventude. Os cabelos castanhos estavam sempre desalinhados. Só passava três vezes o pente, e já se julgava bem-arrumado!

Após passar a primeira parte da juventude vivendo como vagabundo, o rapaz aspirava ao repouso. Viera tentar a sorte na Inglaterra. Até agora não conseguira se fixar em parte alguma. Trabalhara em dez residências. Em todas, os patrões eram caprichosos, quando não extravagantes. Interessou-se quando soube que Phileas Fogg procurava um criado. Soube que a vida do cavalheiro era absolutamente metódica, sem festas, recepções ou viagens. Era o que lhe convinha. Apresentou-se e foi admitido nas circunstâncias já descritas.

No seu primeiro dia de trabalho, após onze e meia da manhã, Passepartout ficou só na casa do patrão. Começou a inspeção. Percorreu toda a residência, do porão onde ficava a adega ao sótão. Gostou da mansão, bem cuidada, limpa, severa, bem organizada para o serviço doméstico. Atendia a todas as suas necessidades de luz e calor. Encontrou, sem dificuldades, o quarto que lhe era destinado no segundo pavimento, e que lhe convinha muito. Campainhas elétricas e tubos acústicos comunicavam seu aposento com o térreo e o primeiro andar. Sobre a chaminé da lareira (sim, seu quarto possuía uma!) havia um relógio elétrico ligado com o do quarto de dormir de Phileas Fogg. O pêndulo de ambos soava ao mesmo tempo, segundo após segundo.

— É o que eu queria, o que eu queria! — exclamava Passepartout.

Também encontrou, afixada no relógio, a programação de trabalho cotidiana. Apresentava todos os pormenores do serviço, desde as oito da manhã, quando Phileas Fogg se levantava, até as onze e meia, quando saía para almoçar no clube. Chá e torradas a serem servidos às oito horas e vinte e três minutos. Água para fazer a barba, na temperatura exata, às nove e trinta e sete. E assim por diante. Desde as onze e meia da manhã até a meia-noite, quando o patrão ia dormir, tudo estava anotado, previsto, regulamentado. O novo criado resolveu memorizar as tarefas programadas em detalhes.

O guarda-roupa de Phileas Fogg era bem suprido e maravilhosamente organizado. Cada calça, casaco ou colete tinha um número afixado. Havia também um registro de entrada e de saída com os números de cada peça de roupa e a indicação de quando deveria ser usada, em função da estação do ano. Para os calçados, havia igual disposição.

Os móveis da casa eram confortáveis. No quarto de dormir havia um cofre, de bom tamanho, cuja construção o protegia de roubos e incêndios. Também não se notava a presença de armas. Tudo ali denunciava os hábitos pacíficos do morador.

Depois de seu exame minucioso, Jean Passepartout esfregou as mãos de contentamento. Exclamou em voz alta, feliz da vida:

— Excelente! Exatamente o que queria! Eu e o senhor Fogg vamos nos entender perfeitamente! É um homem caseiro e metódico. Ora, não me desagrada nem um pouco servir a um homem tão previsível quanto uma máquina! É o trabalho com que sempre sonhei!

3
UMA APOSTA ARRISCADA

Phileas Fogg deixou sua casa às onze e meia. Após ter colocado quinhentas e setenta e cinco vezes o pé direito diante do esquerdo, e quinhentas e setenta e seis vezes o esquerdo diante do direito, chegou ao Reform Club, localizado em um edifício elegante em um refinado bairro de Londres.

Foi diretamente para o restaurante, cujas nove janelas abriam-se para um belo jardim com árvores já douradas pelo outono. Sentou-se na mesa habitual, já arrumada de acordo com seu gosto. Sua refeição foi servida. O almoço compunha-se de salada, peixe cozido com um molho, rosbife com cogumelos, torta recheada com ruibarbo e groselhas verdes e, finalmente, um pedaço de queijo. Tudo acompanhado por xícaras de um excelente chá especialmente produzido para os membros do clube.

Ao meio-dia e quarenta e sete, o cavalheiro levantou-se da mesa. Dirigiu-se ao suntuoso salão, adornado com pinturas ricamente emolduradas. Um criado entregou-lhe o *Times*. A leitura do jornal o ocupou até três horas e quarenta e cinco minutos. Em seguida, dedicou-se a outro, o *Standard*, até a hora do jantar. Essa refeição teve o mesmo número de pratos do almoço, embora com mais sofisticação.

Em seguida, o cavalheiro voltou para o salão e se absorveu na leitura de ainda outro jornal, o *Morning Chronicle*.

Meia hora depois, vários membros do clube chegaram, acomodando-se em poltronas próximas às chamas da lareira. Eram os parceiros habituais de Phileas Fogg, com os quais costumava jogar cartas: o engenheiro Andrew Stuart, os banqueiros John Sullivan e Samuel Fallentin, o fabricante de cerveja Thomas Flanagan e por fim Gauthier Ralph, um dos administradores do Banco da Inglaterra. Homens ricos e de muito prestígio até mesmo dentro do clube, embora entre os sócios estivessem os mais importantes financistas e industriais da Inglaterra.

— Diga, Ralph — perguntou Thomas Flanagan —, como vai aquele caso de furto?

— Acredito — respondeu Andrew Stuart — que o banco não recuperará o dinheiro!

— Pois espero encontrarmos o autor do furto de qualquer maneira — disse Gauthier Ralph. — Inspetores de polícia muito hábeis foram enviados à América e também estão vigiando os principais portos da Europa. Será difícil que o ladrão consiga se evadir.

— Já se conhece a identidade do ladrão? — espantou-se Andrew Stuart.

— Para começo de conversa, não foi um ladrão típico — respondeu seriamente Gauthier Ralph.

— Como não foi um ladrão, se o indivíduo subtraiu cinquenta e cinco mil libras?

— O jornal *Morning Chronicle* assegura que se trata de um cavalheiro.

O responsável por essa afirmação foi Phileas Fogg, cuja cabeça emergiu das folhas de jornal amassadas em torno. Ao mesmo tempo, Fogg fez um gesto de cumprimento aos companheiros, que corresponderam, surpresos.

O acontecimento sobre o qual se falava ocorrera três dias antes, em vinte e nove de setembro. Todo o país falava no assunto.

Um pacote de cédulas, no valor de cinquenta e cinco mil libras esterlinas, desaparecera do Banco da Inglaterra. Uma fortuna! Pior, fora roubado de cima da mesa do caixa principal, sem que ele notasse. Quando alguém se espantava com a facilidade do roubo, o vice-presidente do banco, Gauthier Ralph, defendia-se explicando que o caixa estava ocupado lançando um depósito. Detalhe: menor que meia libra!

— É impossível estar de olho em tudo ao mesmo tempo! — argumentava o vice-presidente.

É preciso lembrar que o Banco da Inglaterra levava em muita consideração a dignidade do público. Nem grades, nem porteiros, nem vigias! Muito menos, policiais! Os maços de notas e as pilhas de moedas de ouro e prata eram expostos livremente sobre as mesas dos caixas e da contabilidade. A instituição recusava-se a suspeitar da honestidade de qualquer cliente! Um bom observador dos costumes ingleses naquela época contava o seguinte fato. Certa vez alguém desejara ver de perto uma barra de ouro. Pegou uma com cerca de quatro quilos sobre a mesa do caixa. Examinou-a. Passou-a a um amigo. E este a outro, e assim por diante. A barra foi de mão em mão até o fundo de um corredor escuro. Só voltou ao lugar meia hora depois. Diante disso, o caixa nem mesmo ergueu a cabeça!

Mas no dia vinte e nove de setembro o dinheiro sumiu e não voltou! A polícia foi chamada, o roubo foi denunciado. Detetives foram enviados para os principais portos: Liverpool, Glasgow, Havre, Suez, Nova York, e outros centros financeiros. Anunciou-se uma recompensa: a quantia de duas mil libras acrescida de mais cinco por cento do valor recuperado. Instaurou-se um inquérito. Detetives vigiavam todos os viajantes de partida ou chegada em portos ingleses.

Segundo o noticiário, talvez o autor do roubo não pertencesse a nenhuma quadrilha. No dia do crime, um homem bem vestido e de boa aparência fora visto na sala de pagamentos, onde ocorrera o furto! A polícia fizera um retrato falado do cavalheiro. Enviara cópias a todos os detetives do Reino Unido e da França. Todo o país debatia as probabilidades de êxito. Os mais otimistas, entre eles o vice-presidente do banco, Gauthier Ralph, acreditavam que o ladrão não escaparia.

— A recompensa é muito alta! Os investigadores farão o máximo de esforço para encontrar o culpado! — garantia Gauthier Ralph.

— Que é isso, o dinheiro sumiu para sempre! — rebatia Andrew Stuart.

A discussão continuou, até mesmo nos intervalos do jogo. Sempre com mais intensidade.

— O ladrão foi muito hábil, e deve ter planejado a fuga! — insistia Stuart.

— Ora, não há nenhum país onde ele possa se refugiar e gastar o dinheiro sem ser notado! — argumentava Ralph.

— Será? O mundo é muito grande! — refletiu Stuart.

Em voz baixa, Phileas Fogg observou:

— Era, mas em outros tempos!

Em seguida embaralhou as cartas e entregou-as a Thomas Flanagan:

— Corte o baralho — pediu.

A discussão foi suspensa por um instante. Dali a pouco Andrew Stuart voltou ao tema:

— Que quis dizer com isso? Como o mundo pode ter deixado de ser grande? A Terra diminuiu, por acaso?

— Sem dúvida — concordou Gauthier Ralph. — O planeta está menor porque pode ser percorrido dez vezes mais depressa do que há cem anos. Por isso, as investigações serão mais rápidas, seja onde for que o ladrão tenha se escondido.

— Mas, nesse caso, sua fuga também será bem mais fácil!

Phileas Fogg advertiu:

— É sua vez de jogar, senhor Stuart.

O jogo continuou. Mas Stuart não se convenceu. Mal terminou a partida, voltou à carga.

— Seu argumento é curioso, senhor Ralph. Acha que a Terra diminuiu porque hoje se tornou possível fazer a volta ao mundo em três meses?

— Em oitenta dias — corrigiu Fogg.

— Exatamente, senhores — concordou John Sullivan —, oitenta dias são suficientes. — Desde que foi construída a estrada de ferro ligando Rothal a Allahabad. O jornal *Morning Chronicle* fez o cálculo!

Em seguida, mostrou uma tabela:

De Londres a Suez (Egito), de trem e navio, 7 dias.

De Suez a Bombaim (Índia), de navio, 13 dias.

De Bombaim a Calcutá (Índia), de trem, 3 dias.

De Calcutá a Hong Kong (China), de navio, 13 dias.

De Hong Kong a Yokohama (Japão), de navio, 6 dias.

De Yokohama a San Francisco (Estados Unidos), de navio, 22 dias.

De San Francisco a Nova York, de trem, 7 dias.

De Nova York a Londres, de navio e trem, 9 dias.

Total: 80 dias.

— Sim, oitenta dias! — exclamou Andrew Stuart, que até se atrapalhou no jogo por distração. — Mas sem levar em conta o mau tempo, os ventos desfavoráveis, os naufrágios, os acidentes nas estradas de ferro e outros problemas que podem surgir.

Phileas Fogg respondeu com a mão cheia de cartas.

— Mesmo assim oitenta dias são suficientes.

— Mesmo se os indianos arrancarem os trilhos? — insistiu Andrew Stuart. — E se os índios pararem os trens, depredarem os vagões, escalpelarem os viajantes?

— Tudo incluso — afirmou Phileas Fogg.

Desceu as cartas na mesa e anunciou:

— Dois trunfos.

Andrew Stuart juntou o baralho.

— Teoricamente está certo, senhor Fogg. Entretanto, na prática é diferente.

— Na prática também tenho razão, senhor Stuart.

— Pois prove!

— Vamos viajar juntos, e verá.

— Nem em sonhos! — exclamou Stuart. — Mas apostaria quatro mil libras que é impossível fazer a volta ao mundo em prazo tão curto.

— Pelo contrário, é mais do que possível — insistiu Fogg.

— Então faça a viagem!

— A volta ao mundo em oitenta dias?

— Exatamente.

— Por que não?

— Quando?

— Já.

Todos se espantaram. Phileas Fogg continuou:

— Só quero adverti-los de que a farei à custa dos senhores.

— É uma loucura! — irritou-se Stuart. — Não entendo sua insistência. Vamos voltar ao jogo.

— Nesse caso, dê as cartas — pediu Fogg.

Andrew Stuart pegou o baralho com as mãos trêmulas. Em seguida, o colocou sobre a mesa. Declarou:

— Muito bem, senhor Fogg, aposto as quatro mil libras!

Fallentin interveio:

— Meu caro Stuart, sossegue. Foi só uma especulação.

— Quando eu digo que aposto, é sério — retrucou Stuart.

— Aceito o desafio! — afirmou Fogg.

Em seguida, declarou aos outros jogadores:

— Tenho vinte mil libras depositadas na casa bancária Baring e Irmãos. Estou disposto a arriscá-las.

— Vinte mil libras? Uma fortuna, que pode ser perdida por um atraso na viagem!

— Não acredito no imprevisto — continuou Fogg, com tranquilidade.

— Mas, senhor Fogg, o cálculo de oitenta dias é considerado o tempo mínimo possível!

— Se souber empregar o tempo, o mínimo será suficiente.

— Mas seria preciso saltar dos trens para os navios e dos navios para os trens com precisão matemática!

— É como disse: será uma viagem matemática!

— Está brincando!

— Um verdadeiro inglês não faz piada de uma aposta — respondeu Phileas Fogg. — Aposto vinte mil libras, contra quem quiser, que faço a volta ao mundo em oitenta dias ou menos. Isto é: em mil, novecentas e vinte horas ou cento e quinze mil e duzentos minutos. Aceitam?

Os outros discutiram a proposta entre si. Em seguida, Stuart, Fallentin, Sullivan, Flanagan e Ralph tomaram uma decisão:

— Aceitamos!

— Nesse caso — anunciou Fogg —, vou tomar o trem em Dover, que sai às oito horas e quarenta e cinco minutos.

— Esta noite? — espantou-se Stuart.

— Sem dúvida.

Fogg tirou um calendário do bolso.

— Hoje é quarta-feira, dois de outubro. Devo estar de volta a Londres, a este mesmo salão do Reform Club, no sábado, vinte e um de dezembro, às oito horas e quarenta minutos da noite. Se isso não acontecer, as vinte mil libras que tenho depositadas na casa bancária Baring e Irmãos passarão a lhes pertencer.

Preencheu um cheque nesse valor e o entregou como garantia.

Redigiu-se um documento com os termos da aposta, assinado pelos seis participantes. Phileas Fogg continuou impassível. Arriscava a metade da sua fortuna. Já previa que seria preciso gastar a outra metade na viagem. Seus adversários surpreenderam-se com sua coragem. Não por causa do tamanho da quantia. Mas por causa das condições da aposta. Parecia impossível que

Fogg fosse capaz de realizar a volta ao mundo em tão curto espaço de tempo.

O relógio bateu sete horas da noite. Todos propuseram suspender a partida, para que Fogg pudesse se preparar para a viagem.

— Estou sempre preparado — respondeu ele, dando as cartas. — É sua vez de começar, senhor Stuart!

4
A PARTIDA

Após ter ganhado a partida, às sete horas e vinte e cinco minutos, Phileas Fogg despediu-se dos outros apostadores e saiu.

Às sete e cinquenta, abriu a porta da casa onde vivia. Entrou.

Passepartout tinha estudado detalhadamente o cronograma das tarefas domésticas. Surpreendeu-se ao ver o patrão voltar antes da hora. Segundo a programação, só devia chegar à meia-noite em ponto.

Phileas Fogg subiu ao quarto e chamou:

— Passepartout!

O criado foi até o quarto.

— Que demora!

— Eu me surpreendi. Ainda não é meia-noite — argumentou o rapaz, de relógio na mão.

— Entendo, mas sofreremos uma pequena mudança de rotina — respondeu Phileas Fogg. — Partimos de viagem em dez minutos!

Uma careta entortou o rosto redondo do francês. Imaginou ter ouvido mal.

— O meu patrão vai viajar e deseja que o acompanhe? — surpreendeu-se.

— Sim. Vamos dar a volta ao mundo — explicou tranquilamente Phileas Fogg.

Passepartout, com os olhos arregalados, as pálpebras e sobrancelhas levantadas, os braços caídos, o corpo meio curvado, demonstrou todos os sintomas do espanto levados ao máximo.

— Volta ao mundo? — murmurou ele.

— Em oitenta dias! — acrescentou o patrão. — Não temos tempo a perder!

— E as malas? — lembrou o criado que, sem perceber, movia a cabeça para a direita e a esquerda.

— Nada de malas! Levaremos somente uma bolsa de viagem. Duas camisas de lã e três pares de meia para mim, e o mesmo para você! Traga duas mantas também. Escolha um calçado confortável, embora acredite que quase não andaremos. Avie-se!

Espantado, Passepartout pensou em fazer alguma objeção. Não conseguiu. Saiu do quarto de Fogg. Subiu ao seu. Caiu sentado em uma poltrona. Resmungou:

— É demais! Ah, se é! E eu, que desejava repouso e tranquilidade!

Maquinalmente, fez os preparativos para a viagem. A volta ao mundo em oitenta dias? Estaria lidando com um doido? Seria piada? Há cinco anos não pisava no solo da pátria. Talvez fossem até Paris. Teria uma grande satisfação em voltar à capital francesa. Com certeza, um cavalheiro tão equilibrado quanto seu patrão ficaria por lá mesmo. Mas como pudera resolver viajar tão de repente, se era conhecido como um tipo caseiro?

Às oito horas, Passepartout já arrumara a modesta bolsa de viagem. Ainda um tanto perturbado, saiu do quarto, cuja porta fechou cuidadosamente. Reuniu-se ao patrão.

Fogg estava pronto. Sob o braço, carregava o Guia Geral de Navios e Estradas de Ferro de Bradshaw, onde pretendia encontrar todas as indicações necessárias para a viagem. Pegou a bolsa de viagem das mãos do criado. Abriu-a. Jogou dentro um maço de libras esterlinas, que na época eram aceitas em todo o mundo.

— Não esqueceu nada? — perguntou ele.

— Não, senhor.

— Está certo. Pegue a bolsa!

Fogg a entregou a Passepartout.

— Cuidado! — avisou. — Dentro estão vinte mil libras esterlinas.

A bolsa quase caiu das mãos do criado, como se as notas não fossem de papel, mas de ouro, e pesassem uma tonelada!

Ambos desceram. A porta da rua foi trancada com toda a segurança.

Algumas carruagens de aluguel estavam paradas na esquina. Phileas Fogg e o criado tomaram uma. Foram para a estação ferroviária. Chegaram às oito e vinte. Passepartout desceu. O cavaleiro também, e pagou o cocheiro.

Nesse instante, aproximou-se uma pobre mendiga, conduzindo uma criança pela mão, descalça sobre a lama, com um chapéu velho e estragado na cabeça, do qual pendia uma pluma já arruinada, com um xale cheio de buracos sobre o vestido esfarrapado. Pediu uma esmola.

Fogg tirou do bolso uma moeda valiosa e a deu à mendiga.

— Tome, boa mulher. Estou contente por tê-la encontrado.

Passepartout sentiu os olhos umedecerem. O cavalheiro começava a ganhar espaço em seu coração.

Entraram na estação. Fogg mandou Passepartout comprar duas passagens de primeira classe até Paris. Em seguida, foi ao encontro dos cinco cavalheiros do Reform Club, que haviam ido até lá para se certificar de sua partida.

— Parto, meus senhores — advertiu ele. — Os vistos colocados em meu passaporte nas passagens pelas fronteiras confirmarão meu itinerário.

— Ora, senhor Fogg! — respondeu polidamente Gauthier Ralph. — Não é necessário. Sua palavra de honra será suficiente como garantia.

— Assim é melhor — insistiu Fogg.

— E não se esqueça, deve estar de volta em... — continuou Andrew Stuart.

— Dentro de oitenta dias — emendou Fogg. — Sábado, vinte e um de dezembro de 1872, às oito horas e quarenta e cinco minutos da noite. Até lá, meus senhores!

Phileas Fogg e seu criado instalaram-se em uma cabine da primeira classe. Às oito e quarenta e cinco soou o apito e a locomotiva pôs-se a caminho.

A noite estava escura. Chuviscava. Fogg, sentado em seu canto, nada dizia. Passepartout, ainda tonto pela rapidez dos acontecimentos, apertava contra o peito a bolsa com vinte mil libras.

O trem mal havia saído quando o criado deu um gemido de desespero.

— Que houve? — perguntou Fogg.

— Tenho de confessar! Com a pressa, eu esqueci o...

— Do que está falando?

— Esqueci de apagar o bico de gás do meu quarto!

— Está bem, meu rapaz — respondeu Fogg friamente. — Quando voltarmos, descontarei o valor de seu salário!

5
CAVALHEIRO OU LADRÃO?

Phileas Fogg não podia imaginar o estardalhaço que sua partida iria causar em Londres. A notícia da aposta divulgou-se, inicialmente, entre os membros do Reform Club, e causou muito espanto entre aquele círculo respeitável. Em seguida, espalhou-se até os jornais. Por meio deles, a todos os habitantes do Reino Unido.

A questão da volta ao mundo foi comentada, debatida, dissecada com veemência e ardor. Alguns ficaram fascinados pela coragem de Phileas Fogg. A maioria, porém, teve péssima opinião. Comprometer-se a dar a volta ao mundo em prazo tão curto não só era impossível, mas insensato!

Os jornais de grande circulação o criticaram asperamente. Phileas Fogg foi tachado de maníaco e de louco. Seus colegas do

Reform Club foram censurados por aceitarem tal aposta, que evidenciava o enfraquecimento das faculdades mentais de seu autor.

No dia sete de outubro, publicou-se um longo artigo no boletim da Sociedade Real de Geografia. Nele, a questão foi debatida sob todos os pontos de vista, e demonstrou-se claramente a loucura da viagem. Segundo apresentava o artigo, tudo era contra Fogg: os obstáculos humanos e os elementos da natureza. Para o êxito, era preciso que houvesse concordância milagrosa entre os horários de partida e de chegada. Em síntese, dizia o artigo, na Europa, onde os trajetos são relativamente curtos, pode-se contar com as chegadas dos trens nos horários previstos. Mas quando são necessários três dias para atravessar a Índia, sete os Estados Unidos, como é possível evitar imprevistos? Acidentes com as locomotivas, descarrilamentos, choques entre trens, mau tempo, neve nos trilhos! Tudo isso não seria adverso a Phileas Fogg? Nos navios, não ficaria à mercê de vendavais e nevoeiros? Não era comum que os transatlânticos mais velozes atrasassem de dois a três dias? Ora, bastava um atraso, um só, para que o encadeamento da viagem fosse interrompido! Se Fogg perdesse por algumas horas a partida de um navio, teria de esperar o próximo. O cronograma da viagem ficaria infalivelmente comprometido!

O artigo causou muito impacto. Quase todos os jornais o reproduziram. As ações de Fogg desceram bastante.

Explica-se. Logo após a partida do cavalheiro, muita gente apostou contra e a favor de seu êxito. Não só os membros do Reform Club apostaram entre si. Mas também o povo em geral. Como qualquer cavalo de corridas, o nome Fogg foi inscrito em uma bolsa de apostas. Mas cinco dias após a partida do cavalheiro, com a publicação do artigo no boletim da Sociedade Real de Geografia, a cotação a seu favor despencou!

Só restou uma pessoa a seu favor. O velho lorde Albermale. O respeitável ancião, preso a sua poltrona, ofereceria alegremente toda a sua fortuna para ter condições físicas de dar a volta ao mundo, mesmo que em dez anos! Apostou cinco mil libras em Phileas Fogg.

Assim estava a situação. Cada vez mais raros os que acreditavam no êxito. A cotação das apostas descera a duzentos contra um. Sete dias após a partida, um acontecimento inesperado fez com que o prestígio de Fogg terminasse completamente.

Por volta das nove horas da noite, o chefe da polícia metropolitana recebeu o seguinte telegrama:

"Suez a Londres

Rowan, diretor de polícia, administração central, Scotland Yard

Estou no rastro do ladrão do banco, Phileas Fogg. Mande o mais depressa possível a ordem de prisão para Bombaim, na Índia.

Fix, detetive"

O efeito causado pelo telegrama não poderia ser mais rápido. A imagem do respeitável cavalheiro cedeu lugar à do ladrão de banco. Sua fotografia, retirada do arquivo do Reform Club, foi examinada detalhadamente. Seus traços pareciam idênticos aos do homem descrito no inquérito. Todos se lembraram da vida misteriosa de Fogg, do seu isolamento e da súbita partida. Parecia óbvio que a viagem de volta ao mundo, com o pretexto de uma aposta insensata, tratava-se de um plano para despistar a polícia inglesa.

6
A IMPACIÊNCIA DE FIX

Eis as circunstâncias em que fora expedido o telegrama a respeito de Phileas Fogg.

Na quarta-feira, nove de outubro, aguardava-se a chegada a Suez, às onze da manhã, do navio Mongólia, de propriedade da Companhia Peninsular e Oriental. Tratava-se de uma embarcação monumental, de casco de ferro, com duas mil e oitocentas toneladas. O Mongólia fazia regularmente a viagem do porto de Brindisi, na Itália, a Bombaim, pelo canal de Suez. Era um dos barcos mais velozes da empresa. Entre a multidão, à espera do Mongólia, dois homens passeavam no cais. Um era o cônsul-geral do Reino Unido no Egito, que observava todos os dias os navios ingleses atravessarem o canal, reduzindo à metade o antigo trajeto da Inglaterra para a Índia através do Cabo da Boa Esperança. O outro era um homem pequeno e magro, de aspecto inteligente, nervoso, que contraía sem parar os supercílios. As pupilas faiscavam pelas suas longas pestanas. Demonstrava impaciência, andando de um lado para o outro, sem parar sequer um instante.

Esse homem era o inspetor de polícia Fix, um dos muitos detetives enviados em busca do responsável pelo furto no Banco da Inglaterra. Fix observava atentamente todos os viajantes. Se algum lhe parecesse suspeito, pretendia segui-lo, até a chegada da ordem de prisão.

Há dois dias, o detetive recebera da polícia londrina a descrição do autor do furto. O suspeito, visto na sala de pagamentos, era um homem bem-vestido, com a aparência de um cavalheiro. Estimulado pela recompensa prometida, Fix esperava ansioso pela chegada do Mongólia.

— O cônsul tem certeza de que o vapor não demora? — perguntou pela décima vez.

— Logo chegará, senhor Fix — respondeu o cônsul. — Ontem foi avistado a cento e sessenta quilômetros daqui. Estará no porto antes do horário previsto.

— O navio vem diretamente da Itália?

— Sim, de onde largou sábado, às cinco horas da tarde. Tenha paciência! Mas sinceramente não sei se somente com a descrição reconhecerá o ladrão, se estiver a bordo.

— Senhor cônsul — respondeu Fix —, nós, detetives, temos uma intuição que nos aponta o culpado, quando não o reconhecemos propriamente. Faro é o que é preciso! Se o meliante estiver a bordo, garanto que não escapará por entre meus dedos.

— Assim espero, senhor Fix, pois trata-se de um roubo expressivo.

— Extraordinário — concordou o policial. — Cinquenta e cinco mil libras! São raros os furtos desse naipe!

— Senhor Fix, só posso lhe desejar êxito. Mas, repito, talvez seja difícil. Pelas características do suspeito, suponho que o tal ladrão terá a aparência de um perfeito homem de bem.

— Senhor cônsul — insistiu Fix —, os grandes larápios sempre parecem homens honrados. Se tivessem aparência de tratantes, logo seriam presos! Por mais honrados que pareçam, devem ser desmascarados. É um trabalho difícil, para o qual se torna essencial a habilidade de um detetive como eu!

Percebia-se, pela afirmação, que a modéstia não era uma das qualidades de Fix!

No cais, aumentou o burburinho. Havia marinheiros de diversas nacionalidades, comerciantes, corretores, carregadores e habitantes locais. Certamente o navio estava para chegar.

O tempo estava muito bonito, mas a temperatura baixa devido ao vento que soprava do Oriente. Na silhueta da cidade, iluminada por pálidos raios de sol sobre o fundo azul do céu, recortavam-se alguns minaretes. Ao sul, o desembarcadouro com dois mil metros de comprimento estendia-se ao longo do porto. Sobre o mar Vermelho, barcos de pesca e de cabotagem flutuavam, ancorados. Em alguns, notava-se ainda o desenho elegante das antigas galeras.

Circulando no meio do povo, Fix examinava automaticamente os transeuntes.

Eram dez e meia.

— Mas o navio não chega? — impacientou-se ele quando ouviu o relógio do porto dar as horas.

— Não deve estar longe — acalmou-o o cônsul.

— Quanto tempo ficará em Suez?

— Quatro horas. Tempo suficiente para se abastecer do carvão usado para combustível.

— De Suez, o navio vai diretamente para Bombaim?

— Sem escalas!

Fix refletiu:

— Se o ladrão tomou esse caminho e esse navio, deverá desembarcar em Suez, com a intenção de viajar para as possessões holandesas ou francesas da Ásia. Deve saber muito bem que não estará em segurança na Índia, que é terra inglesa[1].

— Só virá se não for esperto — considerou o cônsul. — Um criminoso inglês esconde-se melhor em Londres, onde é igual a qualquer um, do que em qualquer terra estrangeira.

Após essa reflexão que deixou o detetive cismado, o cônsul partiu. Voltou ao consulado, logo adiante. Fix, sozinho e impaciente, teve mais um pressentimento de que o ladrão deveria estar a bordo do Mongólia. Na sua opinião,

[1] A Índia foi colônia do Império Britânico até 1947, quando o movimento popular e pacifista liderado por Mahatma Gandhi conquistou a independência do país.

seria o trajeto ideal para escapar das autoridades: chegar à Índia e de lá partir para a América.

Logo, o detetive ouviu o apito anunciando a chegada do navio. Uma horda de carregadores e trabalhadores locais correu para o cais, criando um certo tumulto. Avistou-se o casco gigantesco do Mongólia deslizando entre as margens do canal. Às onze horas ancorou no porto. O vapor da máquina escapava ruidosamente pelas chaminés.

Havia um grande número de passageiros. Alguns ficaram no tombadilho, admirando a beleza da cidade. A maior parte lotou os pequenos barcos que tinham se acercado do Mongólia.

Fix examinava com atenção todos os que desembarcavam.

Um rapaz se aproximou, após afastar os carregadores. Perguntou-lhe com cortesia se podia lhe indicar o consulado inglês. Mostrou seu passaporte, no qual desejava colocar o visto britânico.

— Esse passaporte não é seu? — reagiu, surpreso.

— Não, senhor, é de meu patrão.

— Onde está ele?

— Permaneceu a bordo.

— Mas — reagiu o detetive — é preciso que ele se apresente pessoalmente ao cônsul, para provar sua identidade.

— O quê? É realmente necessário?

— Sem dúvida.

— Onde fica o consulado?

— Logo ali, no canto da praça — informou Fix, mostrando o local.

— Vou buscar meu patrão, que não há de gostar desse incômodo!

O passageiro cumprimentou Fix e voltou a bordo.

7
O PASSAPORTE E O DETETIVE

O policial caminhou depressa até o consulado inglês. Pediu para ser recebido com urgência. Foi admitido imediatamente.

— Senhor cônsul — disse sem hesitar —, tenho bons motivos para acreditar que o ladrão do banco está a bordo do Mongólia.

Fix relatou a conversa entre ele e o criado a respeito do passaporte. O cônsul refletiu.

— Se for realmente o suspeito, creio que não virá. Um ladrão não gosta de deixar pistas. Por estar de passagem, a apresentação do passaporte não é obrigatória.

— Pelo contrário. Se for um homem hábil e de sangue-frio, com certeza virá — respondeu o detetive.

— Pôr o visto no passaporte?

— Sim, senhor cônsul. Os passaportes só servem para causar estorvo a pessoas de bem, mas favorecem a fuga dos suspeitos. Tenho certeza de que seu documento estará em ordem. Mas espero que o senhor não lhe dê o visto.

— Se o passaporte estiver em ordem, não tenho o direito de recusar minha assinatura!

— Mas, senhor cônsul, eu preciso reter esse homem, até receber a ordem de prisão de Londres!

— Sinto muito. Mas pessoalmente não tenho o direito de...

O cônsul não pôde concluir. Bateram à porta de seu gabinete.

O secretário introduziu dois estrangeiros. Tratava-se de Phileas Fogg, acompanhado por Passepartout. O cavalheiro entregou seu passaporte ao cônsul e pediu o visto. Este pegou o documento e o leu com atenção. Fix, em um canto do gabinete, devorava Fogg com os olhos.

Quando terminou o exame do passaporte, o cônsul perguntou:

— O senhor é Phileas Fogg?

— Sim — respondeu o cavalheiro.

— Este homem é seu criado?

— Exatamente. Chama-se Jean Passepartout e é francês.

— Vem de Londres?

— Venho.

— Para onde se destina?

— Bombaim, na Índia.

O cônsul explicou:

— Caro senhor, a formalidade do visto é inútil, pois está de passagem. Não se exige a apresentação do passaporte.

— Eu sei — respondeu Fogg. — Mas pretendo provar, com sua assinatura, que passei pelo canal de Suez.

— Se é o que deseja, está bem.

O cônsul assinou, datou e colocou seu carimbo no passaporte. Fogg pagou as taxas. Cumprimentou o cônsul com a frieza característica de sua personalidade. Saiu, seguido por Passepartout.

— O que pensa? — perguntou o detetive.

— Tem a aparência de um homem de bem! — afirmou o cônsul.

— Mas não acredita, senhor cônsul, que esse fleumático cavalheiro se parece, traço por traço, com o ladrão cujas características recebi?

— Talvez. Mas sabe que essa história de reconhecer alguém por simples sinais é duvidosa.

— Vou tirar tudo a limpo — garantiu Fix. — O criado parece mais comunicativo que o patrão. Eu o farei falar pelos cotovelos!

O detetive saiu à procura de Passepartout.

Fogg voltara ao cais. Deu algumas ordens ao criado. Tomou um pequeno barco e voltou para bordo do Mongólia. Deitou-se no beliche. Pegou seu caderno de notas, onde se liam as seguintes observações:

"Saída de Londres, quarta-feira, dois de outubro, às oito horas e quarenta e cinco minutos da noite.

Chegada a Paris, quinta-feira, três de outubro, às sete horas e vinte minutos da manhã.

Saída de Paris, quinta-feira, às oito horas e quarenta minutos da manhã.

Chegada a Turim, sexta-feira, quatro de outubro, às seis horas e trinta e cinco minutos da manhã.

Saída de Turim, sexta-feira, às sete horas e vinte minutos da manhã.

Chegada a Brindisi, sábado, cinco de outubro, às quatro horas da tarde.

Embarque no Mongólia, sábado, às cinco horas da tarde.

Chegada a Suez, quarta-feira, nove de outubro, às onze horas da manhã.

Total de horas gastas: cento e cinquenta e oito e meia. Ou seja, seis dias e meio".

Fogg inscreveu essas datas sobre um itinerário organizado em colunas, o qual indicava — de dois de outubro a vinte e um de dezembro — o mês, a data, o dia, as chegadas regulamentares e as efetivas a cada ponto importante: Paris, Brindisi, Suez, Bombaim, Calcutá, Cingapura, Hong Kong, Yokohama, San Francisco, Nova York, Liverpool, Londres. O plano cronometrado lhe permitia calcular as antecipações e os atrasos no roteiro. A um simples golpe de vista, podia avaliar o desenrolar da viagem.

Naquele dia, quarta-feira, nove de outubro, registrou sua chegada a Suez, dentro do prazo regulamentar. Portanto, sem ganho nem perda. Estava exatamente dentro do cronograma!

8
UM CRIADO DE LÍNGUA SOLTA

O detetive logo encontrou Passepartout, que passeava curioso no cais.

— Ora, meu amigo! — disse Fix, aproximando-se. — Está conhecendo o local?

— Ah, é o senhor? — respondeu o criado ingenuamente. — Estou, sim. Viajamos tão depressa, que até pareço estar sonhando! É verdade que estamos em Suez?

— Em Suez.

— No Egito?

— Exatamente, no Egito.

— Na África?

— Na África!

— Na África! — repetiu Passepartout. — Nem consigo acreditar! Imagine que eu não pretendia ir além de Paris. Acabei vendo a cidade somente entre as sete horas e vinte minutos da manhã e as oito e quarenta. Mais precisamente, entre duas estações de trem, através das janelas de uma carruagem de aluguel! E chovia! Que lástima!

— Hummmm... então viaja com pressa! — indagou o policial.

— Eu não, mas meu patrão! Ah, preciso comprar meias e camisas! Partimos sem malas, somente com uma bolsa de viagem.

— Eu o acompanho a um bazar, onde achará tudo o que precisa!

— O senhor é muito gentil!

Caminharam. Passepartout continuava a falar.

— Não posso perder o navio!

— Ainda há tempo — exclamou Fix. — Ainda não é meio-dia.

Passepartout sacou seu enorme relógio do bolso do colete.

— São nove horas e cinquenta e dois minutos!

— O seu relógio está atrasado!

— O meu relógio? É um relógio de família, que pertenceu a meu bisavô! Não atrasa nem cinco minutos por ano! É um verdadeiro cronômetro!

— Sei qual é o problema — disse o detetive. — Regulou-o pela hora de Londres. Mas aqui em Suez temos duas horas de diferença, devido ao fuso horário. Deve ter o cuidado de acertar o relógio pelo meridiano de cada país por onde passar.

— Mexer no meu relógio? — surpreendeu-se Passepartout.

— Se não fizer isso, nunca terá a hora certa durante a viagem, nem estará de acordo com o Sol.

— Pior para o Sol! Ele é que estará errado!

O rapaz tornou a enfiar o relógio no colete.

Dali a pouco, Fix perguntou:

— Quer dizer que partiram de Londres às pressas?

— Nem diga! Na quarta-feira, às oito horas da noite, fora do seu horário de costume, meu patrão voltou do clube. Três quartos de hora depois, já estávamos de partida!

— Para onde vai seu patrão?

— Sempre em frente! Quer dar a volta ao mundo!

— A volta ao mundo?! — espantou-se Fix.

— Exatamente. Ele diz que foi uma aposta. Mas, aqui entre

nós, não acredito. Só se estivesse fora do juízo! Há alguma outra coisa envolvida.

— Hum! Seu patrão é excêntrico?

— Creio que sim.

— Rico?

— Claro que é. Leva consigo uma boa quantia em notas, novinhas! Não economiza nunca. Chegou a prometer uma gratificação ao comandante do Mongólia se chegarmos a Bombaim adiantados.

— Conhece bem seu patrão?

— Eu? Fui contratado no dia da partida! — explicou Passepartout.

É fácil imaginar o efeito que tais respostas causaram no espírito já excitado do detetive.

A partida imprevista, a pressa de chegar a países distantes, o pretexto de uma aposta tão fora do comum, tudo parecia, do ponto de vista de Fix, uma confirmação de suas suspeitas. Fez o criado falar ainda mais. Descobriu que Fogg vivia isolado em Londres, onde era considerado rico. Mas também que não se conhecia a origem de sua fortuna. Tratava-se, enfim, de um homem misterioso! Ao mesmo tempo, soube que o cavalheiro não desembarcaria em

Suez, e iria diretamente para Bombaim.

— Bombaim ainda é muito longe? — quis saber Passepartout.

— Serão mais dez ou doze dias de viagem marítima!

— E onde fica Bombaim?

— Na Índia.

— Diabos! Vou confessar. Há uma coisa que me atormenta. O bico!

— Que bico?

— O bico de gás, que esqueci de apagar. Está ardendo por minha conta! Pelos meus cálculos, se a viagem demorar, as contas de gás serão mais altas que meus salários!

Fix já não ouvia. Chegara à conclusão de que suas suspeitas estavam corretas! Despediu-se de Passepartout no bazar e correu de volta ao consulado.

— Não tenho mais dúvida — afirmou ao diplomata. — Apanhei o ladrão! Ele se faz passar por um excêntrico que deseja fazer a volta ao mundo em oitenta dias.

— Nesse caso é muito esperto — refletiu o cônsul. — Planeja voltar a Londres depois de ter despistado a polícia dos dois continentes!

— É o que veremos! — exclamou Fix.

— Não há chance de estar enganado?

— De jeito nenhum! Nunca me engano!

— Mas por que o ladrão faz questão de provar, com o visto, sua passagem por Suez?

— O motivo eu não sei — respondeu Fix. — Mas ouça o que descobri.

Em algumas palavras, resumiu sua conversa com o criado.

— Todos os indícios apontam esse cavalheiro como suspeito — concordou o cônsul. — Que fará agora, senhor detetive?

— Enviarei um telegrama a Londres, pedindo que mandem uma ordem de prisão a Bombaim! Depois, embarcarei no Mongólia, para seguir o ladrão até a Índia! Quando receber a autorização legal, eu o prenderei!

Um quarto de hora depois Fix subia a bordo do Mongólia com uma pequena mala de mão. O navio partiu singrando nas águas do mar Vermelho!

9
MOVIMENTAÇÃO A BORDO

A distância entre Áden e Suez é de exatamente dois mil e noventa e três quilômetros. O Mongólia navegava a todo vapor, de forma a chegar antes do prazo previsto.

A maior parte dos passageiros embarcados na Itália ia para a Índia. Alguns para Bombaim. Outros para Calcutá. Nesse caso, o caminho mais curto seria por Bombaim, pois havia uma nova ferrovia que atravessava toda a Índia, embora alguns trechos não estivessem terminados.

Entre os passageiros, havia muitos funcionários civis e oficiais de todas as patentes. Alguns pertenciam ao Exército britânico propriamente dito. Outros comandavam tropas indianas, onde eram pagos regiamente. Também não faltavam jovens empreendedores, com bom capital, que pretendiam se dedicar ao comércio.

A vida a bordo do Mongólia era extremamente confortável. O comissário, um homem de confiança da companhia, tão importante quanto o próprio capitão, organizou a viagem com grandeza. De manhã, no almoço, no lanche das duas, no jantar, às cinco e meia da tarde, e na ceia, às oito horas da noite, as mesas vergavam com o peso e a variedade dos pratos oferecidos. As passageiras — em número bem menor que os homens — trocavam de vestido duas vezes por dia. Tocava-se música e dançava-se quando as águas estavam calmas.

Mas o mar Vermelho é muito caprichoso. O mau tempo é frequente. Se o vento soprava da costa da Ásia ou da África, o Mongólia balançava horrivelmente. As damas recolhiam-se. Calavam-se os pianos. Encerravam-se os bailes. Apesar do vento e das ondas, impelida por seus motores poderosos, a embarcação não diminuía a velocidade.

Durante esse tempo, que fazia Phileas Fogg?

Seria possível imaginar que, preocupado com a duração da viagem, estaria de olho nas mudanças de vento e no tamanho das ondas, avaliando os riscos de problemas técnicos ou acidentes que atrasassem o navio. Não era o que acontecia. Não demonstrava preocupação. Nenhum acidente parecia ser capaz de perturbar sua expressão impassível. Não aparentava mais emoção do que os cronômetros de bordo. Raras vezes o viam no convés. Pouco se importava em admirar o mar Vermelho, teatro das primeiras cenas da história da humanidade. Não tentava reconhecer as curiosas cidades espalhadas por sua margem, cujas silhuetas recortavam o horizonte. Nem pensava nas armadilhas do golfo arábico, a respeito das quais os escritores do passado sempre falaram com assombro e cujas águas os navegantes da Antiguidade temiam enfrentar sem antes oferecer sacrifícios a seus deuses.

O que fazia esse homem original a bordo do Mongólia? Devorava as quatro refeições diárias, sem enjoar com o balanço do navio ou nem mesmo com as turbulências. Também jogava baralho. Mais precisamente uíste, jogo ao qual costumava se dedicar com os amigos no Reform Club[2].

[2] O jogo de uíste, do inglês *whist*, é o precursor do *bridge*. As combinações de cartas desse difícil jogo entretinham cavalheiros em cafés e clubes ingleses. Até o final do século XIX, foi o mais apreciado.

[3] A Igreja Anglicana surgiu na Inglaterra em 1534 por determinação do rei Henrique VIII. Ainda que tenha forte influência calvinista, manteve a liturgia e a organização da Igreja Católica Romana.

Exatamente! Encontrara parceiros tão fascinados pelas cartas quanto ele: um recebedor de impostos que se dirigia para seu posto em Goa, um ministro da igreja Anglicana[3], o reverendo Smith, que retornava a Bombaim, e um general do Exército inglês que ia se juntar a seu destacamento em Benares. Os três passageiros gostavam tanto de jogar uíste quanto Fogg. Passavam horas e horas diante das cartas.

Quanto a Passepartout, o enjoo, tão comum em viagens marítimas, também não o atingiu. Não perdia uma refeição! A viagem, de fato, não o desagradava. Já se conformara. Admirava a paisagem. Afirmava a si mesmo que o delírio do patrão terminaria em Bombaim, onde, tinha esperanças, teria fim a viagem.

No dia seguinte à partida de Suez, em dez de outubro, encontrou no convés o gentil personagem a quem pedira informações no Egito e que o acompanhara até o bazar.

— O senhor! — disse, aproximando-se com um sorriso amável. — Foi o meu guia em Suez, de maneira tão simpática!

— Sim, sou eu! — respondeu o detetive. — Também o reconheci. É o criado daquele inglês excêntrico!

— Exatamente! Mas ainda não sei o seu nome.

— Fix!

— Senhor Fix, é uma alegria encontrá-lo a bordo. Para onde vai?

— A Bombaim, como o senhor!

— Já fez essa viagem?

— Muitas vezes!

— Gostou da Índia?

— Muito! Há mesquitas, minaretes, templos, faquires, tigres, serpentes, bailarinas! Espero que tenha tempo para visitar o país.

— É a minha esperança, senhor Fix. Não acho possível que um homem com a cabeça no lugar passe o tempo saltando de trens para navios e de navios para trens, com o pretexto de fazer a volta ao mundo em oitenta dias! Sem dúvida, toda essa ginástica há de terminar em Bombaim!

— O senhor Fogg está bem? — perguntou Fix, sem demonstrar a curiosidade que sentia.

— Muito bem, muito bem. Também eu, me sinto bem. Como um lobo em jejum, pois não me falta apetite. Há de ser o ar marítimo!

— E o seu patrão? Nunca o vejo aqui em cima.

— Não vem nunca. Nem para apreciar a paisagem!

— Senhor Passepartout, já imaginou que essa suposta volta ao mundo em oitenta dias possa ocultar uma missão secreta? Um trabalho diplomático, quem sabe? — quis saber Fix, em busca de alguma pista.

— Palavra que não sei nada sobre isso. Tampouco me importo em saber!

Após esse encontro, Fix e Passepartout passaram a conversar com frequência. Ao detetive interessava se aproximar do criado. A amizade poderia vir a ser útil. Assim, lhe oferecia, no bar, doses de uísque e outras bebidas. O rapaz aceitava sem cerimônia. Ou até retribuía, para não ficar atrás — e também porque considerava Fix um perfeito cavalheiro.

O navio avançava rapidamente. Só fez escala na baía de Áden, para renovar o estoque de combustível, onde permaneceu por quatro horas. A demora não prejudicou o cronograma de Phileas Fogg. Já a previra. Além do mais, o Mongólia estava quinze horas adiantado!

Fogg e seu criado desceram à terra. O cavalheiro quis visar o passaporte. Fix o seguiu disfarçadamente. Preenchida a formalidade, o patrão voltou a bordo. O criado passeou entre os somalis, pársis, judeus, árabes e europeus, dos quais se compunha a população, de vinte e cinco mil habitantes, de Áden. Admirou as fortificações. "Muito interessante!", dizia a si mesmo Passepartout. "Viajar não é inútil, desde que se queira conhecer coisas novas!"

Às seis horas da tarde, o Mongólia partiu novamente. Pouco depois, singrava no oceano Índico. Previam-se mais cento e sessenta e oito horas até Bombaim. O vento soprava a noroeste. As velas foram desfraldadas, para aumentar a velocidade do vapor. O navio, mais equilibrado, jogou menos. As passageiras voltaram ao convés em trajes de verão. Recomeçaram a música e a dança.

A viagem continuou em excelentes condições. Passepartout estava encantado com a agradável companhia de Fix, que lhe parecia um bom amigo!

No domingo, vinte de outubro, por volta do meio-dia, avistou-se a costa indiana. No horizonte, viam-se as colinas. Em seguida surgiram os renques de palmeiras que ocultavam a cidade. O navio penetrou no ancoradouro. Às quatro e meia da tarde, chegou ao cais de Bombaim.

Phileas Fogg jogava sua trigésima terceira partida do dia. Ele e seu parceiro venceram. A previsão de desembarque era para o dia 22 de outubro. O navio antecipara a chegada em dois dias!

Metodicamente, o cavalheiro anotou a vantagem em seu cronograma.

10
PASSEPARTOUT PERDE OS SAPATOS

Ninguém ignora que a Índia tem a forma de um grande triângulo com a base voltada para o norte e o vértice para o sul. Seu território possui três milhões e seiscentos mil quilômetros quadrados, sobre os quais se acha espalhada uma população de cento e oitenta milhões de habitantes[4]. O governo britânico domina boa parte desse imenso país[5]. Há um governador-geral em Calcutá, governadores em Madras, Bombaim e Bengala, e um vice-governador em Agra.

[4] Os dados correspondem à época em que o livro foi escrito, em 1872. Atualmente a Índia possui um território de 3.287.590 km² e população em torno de 1.200.000.000 habitantes.

[5] O domínio britânico não existe mais. A Índia deixou de ser colônia inglesa em 1947, após o movimento pacifista de desobediência civil liderado por Mahatma Gandhi. A resistência ao colonialismo britânico baseava-se em valores da religião hindu e pregava a não violência e o boicote aos produtos importados da Inglaterra ou fabricados por ingleses.

A Índia inglesa propriamente dita tem a superfície de um milhão e oitocentos mil quilômetros quadrados e população de cem a cento e dez milhões de habitantes. Boa parte do território rejeita a autoridade da rainha[6]. Os reinos de determinados rajás, ferozes e terríveis, no interior, são absolutamente independentes.

Desde 1756, ano em que foi fundado o primeiro estabelecimento inglês no local hoje ocupado pela cidade de Madras, até o ano em que ocorreu a revolta dos cipaios, a célebre Companhia das Índias[7] foi todo-poderosa. Aos poucos agregou as diversas províncias, compradas dos rajás em troca de rendimentos que raramente pagava, quando não deixava de pagar em absoluto. Nomeava o governador-geral e todos os funcionários civis ou militares. Atualmente, já não existe a Companhia. As possessões inglesas na Índia estão sob a tutela da Coroa.

Os costumes e divisões etnográficas indianos tendem a se modificar de um dia para

---

[6] O autor refere-se à rainha Vitória, da Inglaterra, cujo reinado estendeu-se de 1837 a 1901.

[7] A Companhia Inglesa das Índias Orientais era formada por um grupo de ricos mercadores londrinos que dominaram o comércio entre a Ásia e a Europa do início do século XVII até o final do século XVIII.

o outro. Antes, viajava-se a pé, a cavalo, em charrete, carrinho de mão, palanquim, e até nas costas de um homem. Agora, navios a vapor percorrem o oceano Índico e o rio Ganges em grande velocidade, e uma estrada de ferro atravessa a Índia em toda a sua extensão, com ramificações em seu trajeto.

O traçado dessa estrada de ferro não segue uma linha reta através da Índia. Se assim fosse, sua extensão não excederia os mil setecentos e setenta quilômetros. Um trem em velocidade regular não gastaria três dias entre Bombaim e Calcutá. Mas o tempo de viagem é aumentado em um terço, no mínimo, devido à curva feita pela via férrea ao elevar-se na região montanhosa.

Às quatro e meia da tarde os passageiros do Mongólia desembarcaram em Bombaim. O trem para Calcutá partia às oito em ponto.

Fogg despediu-se dos parceiros de cartas, desembarcou e pediu ao criado que fizesse algumas compras. Recomendou-lhe expressamente que estivesse antes das oito na estação ferroviária. Com passadas regulares, que marcavam os segundos como o pêndulo de um relógio, dirigiu-se para a seção de passaportes.

Bombaim possuía maravilhas, mas não lhe passava pela cabeça admirá-las. Nem a magnífica biblioteca, as docas nem o esplêndido templo do monte Malebar, ornado com duas torres poligonais. Tampouco as igrejas armênias, mesquitas, sinagogas ou os remanescentes da arquitetura budista. Nada!

Da seção de passaportes, Phileas Fogg dirigiu-se tranquilamente ao restaurante da estação. Sentou-se e pediu o jantar. Entre vários pratos, o garçom lhe recomendou um fricassê[8] de coelho, cujo sabor alardeou maravilhas. Fogg aceitou a sugestão. Apesar do molho muito condimentado, o gosto lhe pareceu horroroso.

Chamou o gerente.

— Isto é coelho? — perguntou, encarando-o fixamente.

— Sim, senhor. Coelho das selvas — afirmou o homem.

— Por acaso, quando mataram este coelho, ele não miou?

— Um coelho miar, senhor? Juro que não!

---

[8] Fricassê é um prato gratinado feito com carne de caça ou de frango. A carne desfiada é refogada e misturada a um creme feito com diversos tipos de queijo.

— Senhor — contestou Fogg friamente. — Não jure. Lembre-se de que antigamente, na Índia, o gato era considerado animal sagrado[9]. Bons tempos!

— Para os gatos, senhor?

— E também para os viajantes!

Após esse comentário, Phileas Fogg continuou o jantar tranquilamente.

E o inspetor Fix? Desembarcou instantes depois do cavalheiro. Correu ao diretor de polícia de Bombaim. Apresentou suas credenciais, explicou a missão de que se encarregava e o fato de ter estado frente a frente com o suposto autor do roubo.

— A ordem de prisão chegou de Londres? — respondeu o diretor de polícia.

Desanimado, Fix tentou obter nova ordem de prisão do próprio chefe de polícia. Este se recusou. O caso pertencia à cidade de Londres e só lá poderia ser legalmente expe-

---

[9] A referência é do texto original de Júlio Verne. Embora a religião hindu sacralize diversos animais (o mais famoso deles é a vaca), era no Egito que os gatos tinham status de divindade.

dido o mandado. Do seu ponto de vista, expedir uma ordem de prisão às pressas seria uma arbitrariedade.

O inspetor não insistiu. Resignou-se a esperar. Mas não pretendia perder de vista o suspeito enquanto permanecesse em Bombaim. Fix acreditava que Phileas Fogg não viajaria tão cedo — já que essa era também a convicção do criado Passepartout. E que haveria tempo suficiente para aguardar o mandado de prisão.

Mas, após as ordens que Phileas Fogg lhe dera ao desembarcar, Passepartout compreendeu que ficaria pouquíssimo tempo em Bombaim, como já sucedera com Suez e Paris. A viagem não terminaria ali. Continuaria até Calcutá ou talvez ainda mais longe. Finalmente, perguntou-se se a aposta de que falava o patrão não seria verdadeira.

— Eu, que só queria viver calmamente, serei obrigado a fazer a volta ao mundo em oitenta dias? — assustou-se.

Após as compras exigidas pelo patrão, Passepartout resolveu andar sem rumo por Bombaim. Havia muita gente nas ruas: europeus de inúmeras nacionalidades, persas de bonés pontiagudos, armênios com túnicas longas e pársis de mitras negras. Exatamente naquele dia os pársis, descendentes diretos dos seguidores de Zoroastro[10], celebravam uma festa. Era uma espécie de carnaval religioso com procissões e festejos, com bailarinas vestidas de gaze bordada a ouro e prata e que, ao som das violas e tambores, dançavam admiravelmente.

Espantado, Passepartout assistia à cerimônia com interesse. Infelizmente para ele e seu patrão, cuja viagem estava prestes a se comprometer, a curiosidade pelos costumes locais levou-o além do que era conveniente.

Após ter apreciado a festa, Passepartout passou em frente ao templo do monte Malebar. Teve a fatal ideia de visitá-lo.

Ignorava duas coisas. A primeira, que em certos templos a entrada de cristão é formalmente proibida. A segunda, que os próprios crentes devem deixar os calçados à porta. Havia também uma questão importante, da qual também não tinha conhecimento. Para manter boas relações políticas, o governo inglês não só respeitava as crenças da colônia, como punia severamente quem as ofendesse.

[10] Zoroastro, ou Avestan Zarathustra, foi um profeta da Pérsia (atual Irã), fundador da primeira religião monoteísta baseada na dualidade entre o bem e o mal, também vistos como complementares.

Passepartout entrou no templo sem más intenções. Admirava a ornamentação de ouro quando, subitamente, foi atirado sobre o piso. Três sacerdotes, com os olhos arregalados de indignação, arrancaram suas meias e seus sapatos e começaram a espancá-lo furiosamente, soltando gritos selvagens.

Ágil e vigoroso, o francês ergueu-se rapidamente. Com um murro e um pontapé derrubou dois dos adversários, atrapalhados pelas túnicas longas. Correu para fora do templo com toda a velocidade de suas pernas! Bem depressa, conseguiu uma boa dianteira do terceiro hindu, que o perseguia, incitando a multidão que circulava pelas ruas a atacá-lo.

Às oito horas menos cinco minutos, ou seja, faltando instantes para a partida do trem, Passepartout entrou na estação sem chapéu, sapatos e meias, e também sem as compras, que perdera na luta.

Fix estava na plataforma. Ao seguir Fogg, descobrira seu plano de deixar Bombaim. Resolveu ir atrás dele até Calcutá e até mais longe, se fosse preciso. Passepartout não viu Fix. Mas este, oculto no escuro, ouviu a explicação do criado, dita ao patrão em poucas palavras.

— Espero que o fato não se repita — respondeu Fogg, laconicamente, acomodando-se em um dos vagões.

O pobre rapaz, descalço e confuso, seguiu o patrão sem dizer nada.

Fix ia embarcar quando teve uma ideia e resolveu ficar. "É um delito cometido em território indiano", disse para si mesmo. "Agora ele está em minhas mãos!"

A locomotiva apitou. O trem partiu.

11
UM ELEFANTE VALIOSO

O trem partira no horário. Levava um bom número de viajantes: oficiais do Exército, funcionários civis e comerciantes.

Passepartout ocupava a mesma cabine do patrão. No canto oposto acomodou-se o terceiro viajante. Tratava-se do general Francis Cromarty, um dos parceiros de jogo de Phileas Fogg na viagem de Suez a Bombaim. Ia reunir-se a suas tropas aquarteladas perto de Benares. Alto, louro, com cerca de cinquenta anos, distinguira-se pela bravura durante a última revolta dos cipaios. Considerava-se indiano, pois residia no país desde jovem. Poucas vezes fora à Inglaterra. Era instruído. Conhecia os costumes, a história e a organização da Índia.

Ao general, não passara despercebida a originalidade de seu companheiro de viagem. Interessava-se em saber se sob aquela frieza havia uma alma sensível às belezas do mundo. Phileas Fogg não lhe ocultara seu projeto de viagem de volta ao mundo. Nem as condições da aposta. Para o militar, tal aposta não tinha sentido. "Esse cavalheiro inglês é o tipo do homem capaz de passar a vida sem nada fazer pelos outros!", refletiu.

Uma hora após ter deixado Bombaim, o trem percorria o continente. Logo, embrenhou-se nas cordilheiras. A intervalos, Cromarty e Fogg iniciavam uma conversa. Em certo momento, o general comentou:

— Há alguns anos o senhor teria demorado tanto nesse trajeto, que comprometeria o projeto da viagem.

— Como assim?

— A estrada de ferro terminava no pé dessas montanhas. A travessia só podia ser feita de palanquim ou a cavalo até a estação situada no vertente oposta.

— Tal demora não prejudicaria meu cronograma. Previ alguns obstáculos.

— Mas, também — continuou o general —, arrisca-se a ter muitos problemas em consequência da aventura sucedida a seu criado.

Com os pés envolvidos na manta de viagem, Passepartout dormia profundamente. Jamais suporia que falavam de sua pessoa.

— O governo inglês na Índia é extremamente rigoroso com delitos como esse, que ofendem a fé alheia. E tem razão, porque é preciso respeitar o modo de ser de cada povo! — observou o militar. — Se o criado fosse preso...

Phileas Fogg interrompeu o general:

— Se fosse preso, seria condenado, cumpriria a pena recebida e depois voltaria à Europa. Não haveria motivo para eu retardar a viagem!

A conversação interrompeu-se novamente nesse ponto. Acomodaram-se para dormir. Durante a noite, o trem atravessou a cordilheira. No dia seguinte, vinte e um de outubro, percorria uma região relativamente plana, cercada por aldeias, pequenos rios e plantações de algodão, noz-moscada, café e pimenta.

Passepartout despertara. Admirava a paisagem, sem querer acreditar que atravessava o Industão. O vapor da locomotiva subia em espiral em volta de pequenos grupos de palmeiras, habitações pitorescas e templos ricamente ornamentados, como é característico na arquitetura indiana. Atravessaram ainda regiões extensas cobertas de juncos, onde não faltavam serpentes e tigres, para depois entrar em florestas densas, onde elefantes, com olhar melancólico, viam a passagem do comboio sobre os trilhos.

Durante a manhã, após a estação de Malligaum, os viajantes atravessaram o território funesto, tantas vezes ensanguentado pelos seguidores da deusa Kali[11]. Mais adiante localizava-se uma província onde uma seita misteriosa, adoradora da deusa da morte, ainda realizava sacrifícios humanos, estrangulando suas vítimas. O governo inglês tentava reprimir os assassinatos, mas a temível seita ainda continuava a existir.

Meia hora depois do meio-dia, o trem parou em uma estação. Passepartout comprou, por um alto preço, um par de pantufas adornadas com pérolas falsas, que calçou com visível vaidade.

Os viajantes almoçaram rapidamente. O trem voltou a partir, atravessando novos territórios.

Uma mudança ocorrera no íntimo de Passepartout. Até Bombaim tinha esperança de que a viagem se encerrasse de uma vez.

---

[11] Kali é uma das divindades mais importantes do hinduísmo. Deusa da morte e do amor, seu culto inclui o sacrifício de animais e, em tempos mais remotos, de humanos também.

Mas agora que atravessava a Índia de trem, a índole de outros tempos renascia rapidamente. As ideias fantasiosas da mocidade voltavam a sua imaginação. Passara a levar o patrão a sério. Acreditava na veracidade da aposta. Preocupava-se com o cronograma. Inquietava-se com possíveis demoras ou acidentes. Torcia pela vitória, sentia-se também responsável. Tremia ao pensar que podia tê-la comprometido na véspera devido ao incidente no templo. Não possuindo o caráter fleumático do patrão, mostrava-se muito mais ansioso. Contava e tornava a contar os dias decorridos e amaldiçoava as paradas do trem!

No dia seguinte, vinte e dois de outubro, a uma pergunta do general, Passepartout consultou o relógio e respondeu:

— São três horas da manhã.

Com efeito, o relógio, regulado pelo meridiano de Greenwich[12], a quase setenta e sete graus, a oeste, acusava um atraso de quatro horas.

[12] O meridiano de Greenwich é uma linha imaginária que divide o mundo entre Oriente e Ocidente, a partir de Greenwich, localidade nos arredores de Londres. O primeiro Meridiano, como também é conhecido, começa na latitude 90° Norte e termina na latitude 90° Sul e é referência para medição dos fusos horários e dos graus de longitude do nosso planeta.

O general retificou a hora anunciada por Passepartout, como fizera Fix anteriormente. Tentou convencê-lo de que a hora deve se reger por cada novo meridiano. Por viajarem em direção ao Oriente, os dias se tornavam mais curtos.

Foi inútil. O teimoso rapaz insistiu em não adiantar o relógio, que permaneceu regulado pelo horário de Londres. Era uma mania inocente que a ninguém prejudicava.

Às oito da manhã, vinte e quatro quilômetros depois da estação de Rothal, o trem parou no centro de uma grande clareira, onde havia um acampamento de operários. O condutor atravessou os vagões, avisando:

— Os passageiros descem aqui.

Phileas Fogg olhou para o general Cromarty, que também parecia não compreender a parada dentro de uma floresta. Passepartout, não menos surpreso, desceu. Voltou exclamando:

— Senhor, não há mais trilhos!

— O que diz? — surpreendeu-se o militar.

— Que o trem não pode mais andar!

O general desceu do vagão. Phileas seguiu-o sem se apressar. Foram até o condutor.

— Onde estamos? — indagou Cromarty.

— Na aldeia de Kholby.

— Paramos aqui, neste fim de mundo?

— Sim, senhor. A estrada de ferro não foi terminada.

— Como assim?

— Faltam oitenta quilômetros de trilho entre esse ponto e Allahabad, onde a estrada continua.

— Mas os jornais deram manchetes para anunciar a inauguração de todo o trajeto!

— Que devo dizer, meu oficial? Os jornais enganaram-se.

— O caso é que nos venderam bilhetes de Bombaim a Calcutá!

— Sem dúvida — replicou o condutor. — Mas os viajantes devem providenciar seu próprio transporte até onde os trilhos recomeçam.

— General, o melhor é resolver de que maneira vamos chegar a Allahabad — ponderou Fogg.

— A demora vai prejudicá-lo! — lembrou o militar.

— De jeito nenhum. Já contava com isso! — respondeu Fogg.

— Sabia que a estrada não fora terminada?

— Não, é claro. Mas previ que apareceria algum obstáculo, mais cedo ou mais tarde. Ora, o cronograma não foi comprometido. Tenho dois dias de adiantamento para sacrificar. Há um vapor que parte de Calcutá para Hong Kong dia vinte e cinco, ao meio-dia. Ainda é vinte e dois. Chegaremos a tempo para embarcar.

Não havia réplica possível para uma resposta tão segura.

De fato, o trajeto da estrada de ferro terminava naquele ponto. A maior parte dos passageiros tinha conhecimento da interrupção. Ao desembarcarem, apoderaram-se de todo tipo de veículo existente na aldeia: carroças, carretas, palanquins, pôneis e o que mais houvesse. Fogg e Cromarty, depois de muito procurarem, voltaram sem ter encontrado meio de transporte algum.

— Irei a pé — declarou Fogg.

Passepartout fez uma careta. Olhou assustado para suas esplêndidas, porém inúteis, pantufas. Como atravessar a floresta calçado com elas? Para sua sorte, teve uma ideia. Disse, hesitante:

— Senhor Fogg, há uma alternativa.

— Diga qual é, pois não me ocorre mais nenhuma.

— Um elefante! Um elefante de propriedade de um indiano que vive próximo daqui.

— Vamos então ver o elefante — respondeu Fogg sem demonstrar surpresa.

[13] A espécie de elefante asiática não tem grandes presas de marfim, como as do africano, que são muito valorizadas. Mas o aumento populacional da Ásia tem degradado o meio ambiente, dificultando o acesso dos elefantes à água e comida. As espécies estão ameaçadas de extinção, mas severas restrições ao comércio de marfim e a criação de parques nacionais de proteção ambiental têm contribuído para um lento aumento da população mundial de elefantes, nos dias de hoje. Obviamente, no século XIX, quando se passa a história, as preocupações com causas ambientais e extinção de espécies eram mínimas em relação à atualidade.

— Cinco minutos depois, os três chegaram a uma cabana próxima a um curral com cercas altas, onde havia um elefante. Chamava-se Quiouni. Como todos os da sua espécie, podia marchar bem depressa, incansavelmente. Fogg reconheceu: não havia meio de transporte melhor!

Na Índia, os elefantes são caros. Mais ainda porque, devido à caça, tornam-se cada vez mais raros[13]. Os machos, utilizados até então em circos, tinham grande procura. Quando o cavalheiro pediu ao proprietário para alugar o elefante, recebeu um enérgico não como resposta.

Fogg insistiu. Ofereceu um alto preço: dez libras por hora. O indiano recusou.

— Vinte libras? — dobrou o inglês.

Nova recusa.

— Quarenta?

Mais um não. Passepartout espantava-se a cada aumento de preço. O indiano não cedia.

A quantia já era considerável. Supondo-se que a viagem demorasse quinze horas, seriam seiscentas libras para o proprietário. Phileas Fogg pensou um pouco, sem se exaltar. Em seguida, afirmou preferir comprar o elefante.

— Ofereço mil libras!

Mesmo assim, o indiano anunciou:

— Não está à venda!

O espertalhão já via a possibilidade de realizar um negócio magnífico!

Cromarty chamou Fogg para uma conversa particular. Pediu-lhe para refletir antes de oferecer uma quantia maior. Este respondeu não ter por costume agir sem antes refletir.

— Trata-se de uma aposta de vinte mil libras! — lembrou.
— Vou conseguir o animal!

Voltou ao indiano, cujos olhos cobiçosos faiscaram. Era só uma questão de preço. Ofereceu mil e duzentas, mil e quinhentas, depois mil e oitocentas. Finalmente, duas mil libras. Passepartout empalideceu de emoção.

Quando o inglês chegou às duas mil, o proprietário rendeu-se.

— Pelas minhas pantufas! — admirou-se Passepartout.

Só faltava um guia. Foi o mais fácil. Um jovem com expressão inteligente se ofereceu. Fogg lhe prometeu uma boa remuneração, o que lhe estimulou ainda mais a inteligência.

Buscaram o elefante. O jovem guia cobriu o lombo com mantas e botou de cada lado dos flancos uma espécie de cesto de aparência incômoda.

O proprietário recebeu o pagamento, com cédulas retiradas da bolsa de viagem. Para Passepartout, pareciam sair de suas entranhas. Fogg ofereceu transporte também ao general, que aceitou. Compraram mantimentos. Cromarty acomodou-se em um dos cestos, o cavalheiro no outro. Passepartout sentou-se no lombo entre os dois. O guia empoleirou-se no pescoço do elefante. Às nove horas o animal deixou a aldeia e embrenhou-se na espessa floresta de palmeiras.

12
TRAVESSIA DA FLORESTA

Para encurtar o trajeto, o guia decidiu abandonar o caminho através do qual seguiria a futura ferrovia. Planejado para atravessar montanhas, o trajeto da locomotiva seria forçosamente mais longo. Phileas Fogg tinha pressa! Segundo o guia, ganhariam mais de trinta quilômetros percorrendo atalhos através da floresta.

Enfiados até o pescoço em seus cestos, Phileas Fogg e o general Francis Cromarty sacolejavam com o andar pesado do elefante. Ambos enfrentavam a situação com fleuma britânica[14]. Mal conversavam e menos se viam, pendurados um de cada lado do animal.

[14] A fleuma é um estado de espírito ou um comportamento que não deixa transparecer emoções ou perturbações ante quaisquer situações. Dentre os povos do mundo, os ingleses são considerados os mais fleumáticos.

Sobre o lombo do elefante, Passepartout submetia-se aos trancos e arrancos do animal. Fazia o possível para manter o equilíbrio. Ora arremessado ao pescoço do elefante, ora empurrado para suas ancas, o corajoso criado equilibrava-se tal qual um palhaço fazendo diabruras sobre um trampolim. Apesar do vaivém, ele se divertia. Às vezes pegava um torrão de açúcar da bolsa e o erguia entre os dedos. O esperto elefante levantava a tromba e o recolhia de sua mão, sem interromper a marcha.

Após duas horas, o guia deu uma hora de descanso ao elefante e a seus passageiros. O animal se alimentou de ramos de arbustos. Exausto, o general Cromarty agradeceu a parada. Fogg, porém, aparentava tanta disposição como se tivesse acabado de sair da cama após uma agradável noite de sono.

— Esse homem é de ferro! — admirou-se o militar.

— Ferro forjado! — respondeu Passepartout, que preparou uma refeição rápida com os mantimentos comprados no vilarejo.

Ao meio-dia voltaram a partir. A região tornou-se mais selvagem. As florestas de palmeiras foram substituídas por arbustos e palmeiras-anãs, para logo depois dar lugar a extensas planícies áridas, com vegetação raquítica e enormes blocos de pedra. Essa região era raramente frequentada por viajantes, e habitada por um povo fanático, adepto de misteriosas seitas. Lá, o domínio inglês não havia conseguido se estabelecer de fato, dividido em territórios governados por rajás.

Inúmeras vezes divisaram grupos de habitantes que faziam gestos de raiva à passagem do elefante. O guia evitou confrontos. Quase não viram animais durante o dia. Somente alguns macacos que fugiam com contorções e caretas, para grande alegria de Passepartout.

O criado se preocupava com uma questão. Que fazer com o elefante quando chegassem à estação de Allahabad? O patrão iria levá-lo até a Inglaterra? Impossível! Vendê-lo? Para quem? Ou o libertaria? "Tomara que não me dê o elefante de presente. Seria uma trapalhada", assustava-se.

Às oito da noite haviam transposto a principal cadeia de montanhas da região. Pararam em uma casa em ruínas. Durante o dia haviam percorrido cerca de quarenta quilômetros. Faltava outro tanto para chegarem à estação onde recomeçavam os trilhos.

A noite estava fria. No interior da construção, o guia acendeu uma fogueira para se aquecerem. Fizeram mais uma refeição. Comeram às pressas, sem apreciar o sabor, como ocorre com as pessoas moídas por uma viagem. Houve pouca conversa. Logo se ouviam sonoros roncos. O elefante adormeceu em pé, encostado ao tronco de uma árvore gigantesca.

A noite foi calma. Às vezes se ouviam rugidos de onças e panteras, e os silvos agudos dos macacos. Mas nenhum animal aproximou-se do pequeno grupo. O general dormiu profundamente. Passepartout agitava-se durante o sono, como se ainda estivesse aos trancos e barrancos no dorso do elefante. E o senhor Fogg? Repousou tranquilamente, como se estivesse em seu leito, em Londres, acomodado sobre um bom colchão!

Às seis da manhã, o grupo retomou o trajeto. O guia supunha chegar à estação de Allahabad naquela tarde. Dessa maneira, Fogg só perderia uma parte das quarenta e oito horas economizadas desde o início da viagem. O elefante marchava com rapidez. Desceram as últimas encostas das montanhas. O grupo logo divisou um dos afluentes do Ganges, o rio sagrado da Índia. Faltavam somente vinte quilômetros até a estação de Allahabad.

Às duas horas o grupo entrou em uma densa floresta. Segundo o guia, seria melhor viajarem escondidos pelas árvores.

— É mais seguro evitar a população local! — disse ele.

O trajeto aproximava-se do fim sem problemas. Mas, subitamente, o elefante deu mostras de nervosismo. Estacou.

Eram quatro horas.

— Que houve? — indagou o general, erguendo a cabeça acima da borda do cesto.

— Não sei! — respondeu o guia.

Ouviu-se um ruído confuso através da vegetação. Aos poucos, tornou-se mais definido. O som era produzido por vozes humanas e instrumentos de cobre.

Passepartout estremeceu, mas manteve-se atento. Fogg aguardou pacientemente, em silêncio.

O guia saltou de cima do elefante. Prendeu-o a uma árvore. Penetrou na parte mais profunda da floresta. Alguns instantes depois, voltou preocupado.

— Uma procissão de brâmanes[15] vem nesta direção. Vamos fazer de tudo para que não nos vejam.

Desamarrou o elefante e o escondeu entre algumas árvores. Pediu que os viajantes não desmontassem. Ele mesmo estava pronto a saltar sobre o dorso do animal ao primeiro sinal de perigo, se fosse preciso fugir. Mas contava com que o grupo passasse sem enxergá-los, graças à proteção das árvores.

---

[15] A sociedade hindu é dividida em castas, ou seja, a posição social ocupada durante toda a vida é herdada dos pais e jamais sofre alterações. Os brâmanes são a casta mais privilegiada e têm a responsabilidade de cultuar os deuses e preservar as tradições culturais.

O som de vozes e instrumentos aumentou. Címbalos e tambores misturavam-se com cantos monocórdios. A procissão surgiu a cinquenta passos de onde estavam. Por entre os galhos, puderam ver com nitidez os participantes da estranha cerimônia.

À frente vinham sacerdotes com mitras na cabeça, vestidos com longas túnicas bordadas. A sua volta, caminhavam homens, mulheres e crianças, que entoavam um cântico fúnebre. Logo em seguida, um carro de boi trazia uma estátua de vários braços, pintada de vermelho-escuro, com olhos bem abertos, cabelos emaranhados. Seus lábios pareciam pintados com hena. No pescoço, um colar de crânios. Adornava-se com um cinto de mãos cortadas. Estava em pé sobre um gigante abatido e sem cabeça.

O general Cromarty reconheceu a imagem.

— É a deusa Kali, do amor e da morte — explicou em voz baixa.

O guia fez um sinal de silêncio.

Em torno da estátua, agitava-se um grupo de faquires[16]. Seus corpos pintados com lis-

---

[16] Faquir é uma designação para diversos ascetas seguidores da religião hindu. Buscam a iluminação espiritual por meio da contemplação do divino, da renúncia aos bens materiais e ao prazer carnal e dedicam-se à prática de rigorosos exercícios físicos e mentais. Segundo relatos do final do século XIX, alguns eram capazes de levitar, permanecer meses sem comer, hipnotizar serpentes, e, é claro, dormir em camas de pregos.

tas ocres eram marcados por cortes em forma de cruz, por onde seu sangue pingava. Atrás deles, vinham os mais altos sacerdotes, os brâmanes, com trajes suntuosos. Arrastavam uma jovem que mal se aguentava em pé.

Parecia ter alta posição. A cabeça, o pescoço, os ombros, as orelhas, os braços, as mãos e até os dedos dos pés estavam cobertos de colares, pulseiras, brincos e anéis. Uma túnica bordada com fios de ouro, e coberta por uma musselina transparente, desenhava os contornos de seu corpo. Ao mesmo tempo, era tratada como uma prisioneira.

Atrás da moça marchava um grupo de guardas armados com sabres enfiados na cintura e pistolas de cano comprido. Traziam um palanquim com um cadáver.

Tratava-se de um velho. Pela riqueza de seus trajes, só podia ser um rajá. Seu turbante era bordado com pérolas, a túnica tecida de seda e ouro, o cinto cravejado de diamantes.

Fechando o cortejo vinham os músicos. Finalmente, um grupo de fanáticos. Gritavam tão alto que chegavam a encobrir o som dos tambores.

O general Cromarty assistiu ao desfile suntuoso com expressão de tristeza. Comentou com o guia:

— Um *sutty*!

O guia concordou e pôs os dedos nos lábios. O cortejo funerário passou sob as árvores e aprofundou-se na floresta.

Aos poucos, os cânticos se extinguiram. Ouviram-se alguns gritos isolados a distância. Finalmente, desceu sobre todos um profundo silêncio.

Curioso, assim que o grupo se distanciou, Phileas Fogg indagou:

— *Sutty*? Do que se trata?

O militar suspirou, disposto a explicar uma das mais terríveis tradições hindus.

— Um *sutty*[17] é um sacrifício humano. Mas voluntário. Aquela jovem será queimada amanhã, ao amanhecer.

— Que patifes! — exclamou Passepartout, indignado.

— E o morto, quem seria? — quis saber Fogg.

— Certamente o príncipe, seu marido — explicou o guia —, um rajá independente da região.

---

[17] Nos fins do século XIX, quando o livro foi escrito, era difícil para um europeu entender a relação que as culturas e as religiões orientais mantinham com a morte, a vida e o corpo. Em geral, os europeus se acreditavam "mais evoluídos" ou "mais civilizados" que os outros povos. Mas hoje sabe-se que é preciso entender a história, a religião e a cultura de cada povo. Entre as religiões orientais não há uma distinção radical entre vida e morte, e o conceito de reencarnação e transcendência é forte. Assim, para um hindu, era perfeitamente compreensível que uma esposa devota e apaixonada preferisse realizar a "grande viagem" junto do seu marido.

— O quê? Vão queimar a viúva com o marido?

O militar deu sua opinião:

— Esse tipo de sacrifício deixou de ser realizado em quase toda a Índia. Mas os ingleses não têm poder sobre certos territórios, sobretudo nesta região, que ainda mantém rituais antigos.

— Queimada viva, coitada! — horrorizou-se Passepartout.

— Sem dúvida, será queimada — afirmou o general. — Mas, se não fosse assim, seria reduzida a uma condição terrível por seus parentes. Seus cabelos seriam raspados. Receberia somente punhados de arroz como alimento. Passaria a ser considerada uma criatura imunda, repudiada por todos. Morreria abandonada em um canto qualquer. Mais que o amor pelo marido ou o fanatismo religioso, a perspectiva de uma existência tão sofrida é que leva essas viúvas a concordarem com o sacrifício. Muitas vezes, o sacrifício torna-se voluntário. Em certos casos, ocorre por amor. Quando é possível, o governo inglês intervém para que não se realize. Há alguns anos, quando eu vivia em Bombaim, uma jovem viúva pediu autorização para ser queimada junto com o corpo do marido. O governador recusou. A moça deixou a cidade. Refugiou-se no palácio de um rajá independente e lá consumou seu sacrifício.

Durante o relato do general, o guia confirmava todos os detalhes com acenos de cabeça. Ao final, revelou:

— O sacrifício da jovem que acabamos de ver não é voluntário.

— Como sabe? — quis saber Fogg.

— Na região, a história é conhecida. Ela está sendo levada para a fogueira contra sua vontade.

— Não parecia oferecer qualquer resistência! — admirou-se Francis Cromarty.

— Foi dopada com fumaça de cânhamo e ópio.

— Para onde a levam? — continuou a perguntar Fogg.

— Para o templo de Pillaji, a três quilômetros daqui. Vai passar a noite esperando pelo sacrifício.

— A que horas será?

— Exatamente ao amanhecer.

O guia puxou o elefante para fora da cobertura das árvores e subiu em seu pescoço. Quando ia dar ordem de partida, foi interrompido por Phileas Fogg, que consultou o general.

— E se a salvássemos?

— Salvar a jovem viúva? — espantou-se o militar.

— Ainda estou doze horas adiantado. Posso dedicá-las a essa atividade.

— Admirável! Então o senhor é um homem de bom coração?!

— Às vezes — respondeu Fogg, simplesmente. — Quando tenho tempo.

13
UM PLANO ARRISCADO

O projeto era ousado, repleto de dificuldades, talvez impraticável. O senhor Fogg arriscaria a vida, a liberdade e a vitória. Mas não hesitava. Descobriu também um auxiliar dedicado, na pessoa do general Francis Cromarty.

Quanto a Passepartout, estava pronto para oferecer seus serviços. O plano do patrão o entusiasmava. Percebeu que havia, embaixo do invólucro glacial, um coração, uma alma. Gostava cada vez mais de Phileas Fogg.

Restava o guia. Que partido tomaria? Não se inclinaria para o lado dos hindus? Se não ajudasse, no mínimo seria preciso contar com sua neutralidade.

Cromarty o colocou a par da ideia com franqueza.

— Meu oficial — respondeu o guia —, sou pársi[18], e aquela moça é pársi. Disponha de mim.

— Excelente! — disse Fogg.

— Entretanto, saibam que não estamos arriscando apenas nossas vidas — disse o pársi. — Também corremos o risco de passar por suplícios horríveis se formos pegos. Pensem bem.

— Já nos decidimos — afirmou Fogg. — Vamos esperar a noite para agir!

O valente guia forneceu algumas informações sobre a vítima. Era uma jovem célebre pela beleza, do povo pársi, filha de ricos comerciantes de Bombaim. Havia recebido educação totalmente inglesa e, pelas suas maneiras e instrução, parecia europeia. Seu nome era Aouda.

Ao se tornar órfã, foi casada contra sua vontade com um velho rajá. Três meses depois, ficou viúva. Ao saber do destino que a aguar-

[18] Pársi é a designação étnico-religiosa para os descendentes dos primeiros refugiados zoroastristas (ver nota 10) estabelecidos na Índia desde o século IX d.C. Com o advento do islã, na Pérsia, os zoroastristas passaram a sofrer intensa perseguição religiosa. Para manter suas crenças, migraram para a Índia.

dava, fugiu. Foi capturada. Os parentes do rajá tinham interesse em sua morte, para assegurar a herança, e exigiam seu sacrifício, do qual parecia impossível escapar.

Essas palavras fortaleceram ainda mais a resolução de Fogg e seus companheiros. Decidiu-se que o guia deveria conduzir o elefante até as proximidades do pagode de Pillaji, onde, segundo tinha conhecimento, ocorreria o ritual.

Meia hora depois, acercaram-se do pagode, ocultos pela floresta. Não podiam ver o templo. Mas ouviam com perfeição os rugidos dos fanáticos.

Discutiram a maneira de chegar até a vítima. Segundo o guia, ela estava presa dentro do pagode, que ele conhecia bem. Talvez fosse possível entrar por uma das portas, quando os hindus estivessem adormecidos. Ou seria preciso abrir um buraco em uma das paredes? Não era possível decidir antes de estarem no local. Só não havia dúvida de que o resgate da jovem deveria ser realizado ainda naquela noite. Ao amanhecer seria queimada viva.

Aguardaram o escurecer. Às seis da tarde, resolveram tentar uma expedição de reconhecimento em torno do pagode. Ainda se ouviam os últimos gritos dos faquires. Segundo o hábito, os fanáticos já deveriam estar entorpecidos por doses de ópio[19]. Talvez conseguissem entrar despercebidos no templo.

O guia pársi, Fogg, o general Cromarty e Passepartout avançaram pela floresta sem qualquer ruído. As árvores tornaram-se menos densas. À luz de tochas de resina colocadas em grandes castiçais de ferro, observaram uma pilha de madeira. Era a pira, feita de sândalo, impregnada de óleo perfumado, que também agiria como combustível para avivar as chamas. No alto, repousava o corpo embalsamado do rajá, para ser cremado. A cem passos da pira, erguia-se o pagode, cujos minaretes sobressaíam acima das árvores.

— Venham! — chamou o guia em voz baixa.

Redobrando as precauções, os quatro deslizaram pelo mato. O silêncio só era interrompido pelo murmúrio do vento nos ramos das árvores. O guia estacou na extremidade de uma clareira. A luz de algumas tochas ilumina-

[19] Ópio é uma resina extraída do fruto da papoula, flor típica da Ásia. Quando inalado, o ópio causa distúrbios de percepção sensorial, euforia e torpor. Vicia e provoca efeitos maléficos ao organismo como qualquer outra droga.

vam o local. O solo estava coberto por grupos adormecidos. Homens, mulheres e crianças confundiam-se no chão.

À frente, erguia-se o templo de Pillaji. Mas, para grande desapontamento do guia, os guardas do rajá, iluminados pelas tochas, tomavam conta das portas, com sabres[20] nas cinturas. Era de supor que no interior os sacerdotes também estivessem acordados. O pársi não avançou mais. Era impossível forçar a entrada no templo. Avisou:

— Não podemos ir adiante!

Discutiram em voz baixa.

— Não são nem oito horas da noite — refletiu o militar. — Talvez os guardas acabem adormecendo.

— É possível — concordou o guia.

Phileas Fogg e seus companheiros acomodaram-se ao pé de uma árvore, dispostos a esperar.

O tempo parecia passar mais devagar do que nunca! Às vezes o guia ia até os limites da

[20] O sabre é uma arma branca, longa, pontuda, afiada de um lado e levemente curva, parecido com uma espada.

floresta observar o templo. Os guardas do rajá continuavam despertos. Uma luz difusa filtrava-se através das janelas do pagode.

Assim permaneceram até a meia-noite. A situação não mudou. A vigilância continuava no exterior. Não se podia contar com a possibilidade de que os guardas adormecessem. Seria preciso arriscar um outro plano: fazer uma abertura nas paredes do templo. Restava descobrir se os sacerdotes, no interior, vigiavam sua vítima com tanto cuidado como as sentinelas à porta.

Decidiram arriscar. Seguido por Fogg e os outros dois, o guia aproximou-se da parte traseira do templo. À meia-noite e meia chegaram até a parede dos fundos. Não havia vigilância, pois não havia portas nem janelas.

A noite estava escura. A Lua, em quarto minguante, desaparecia no horizonte, coberta por nuvens espessas. A proximidade da floresta ajudava a aumentar a escuridão.

Seria preciso cavar um buraco na parede. Não tinham ferramentas. Só suas navalhas. Mas as paredes do templo eram feitas com uma mistura de tijolos e madeira. Uma vez arrancado o primeiro tijolo, seria fácil tirar os restantes.

O pársi e Passepartout botaram mãos à obra, tentando não fazer qualquer ruído. Mas, subitamente, ouviu-se um grito no interior do templo, logo seguido por outros. Pararam, preocupados. Teriam sido descobertos? Seriam avisos de alerta? Por prudência, interromperam o trabalho. Afastaram-se.

Os quatro se esconderam no matagal. Pretendiam aguardar até que pudessem retornar aos fundos do pagode. Mas haviam suspeitado de alguma coisa. Guardas vieram para a parte de trás do templo e se instalaram de modo a impedir qualquer aproximação.

Seria difícil descrever a fúria dos viajantes diante de tal impedimento! Como salvar a moça, se nem conseguiam chegar até ela? Cromarty e Passepartout ficaram fora de si. O guia mal se continha. Somente Phileas Fogg continuava impassível, sem demonstrar seus sentimentos.

— Seremos obrigados a desistir? — desesperou-se o general.

— Não nos resta alternativa — decidiu Fogg. — Só precisamos chegar a Allahabad antes do meio-dia!

— Que pretende? — indagou o militar. — Daqui a algumas horas amanhecerá!

— A chance de que precisamos pode se apresentar no momento supremo.

O general teria gostado de ler dentro dos olhos de Fogg.

Com o que contaria o gélido inglês? Desejava, no momento do suplício, atirar-se sobre a jovem vítima para salvá-la? Seria uma loucura! O general concordou em esperar, mesmo prevendo um terrível desenlace. O guia os conduziu à outra parte da clareira, onde, abrigados por um grupo de árvores, podiam observar os hindus adormecidos no chão.

Passepartout se empoleirara nos galhos mais altos de uma árvore. Ruminava uma ideia que atravessara seu espírito como um relâmpago, para depois se fixar em sua mente. Dizia a si mesmo: "Que loucura!". Em seguida, repetia: "Por que não, depois de tudo? É uma chance, talvez a única... e com todos esses bêbados...".

Preferiu não formular seus pensamentos em voz alta. Deslizou até o chão com a flexibilidade de uma serpente.

As horas passavam. O céu foi riscado por tons mais claros, anunciando a proximidade do amanhecer. A hora fatal se aproximava. Os caídos no chão logo despertaram. Ouviu-se o som dos tambores. Voltaram os cânticos e os gritos. Era inevitável: a pobre jovem viúva seria conduzida ao sacrifício.

As portas do templo abriram-se. Uma luz viva saía do interior. Fogg e o general já podiam ver a vítima, conduzida por dois sacerdotes. Passado o torpor produzido pelas drogas que fora forçada a ingerir, a coitada debatia-se, tentando fugir. O coração do militar agitou-se. Agarrou nervosamente a mão de Fogg. Para sua surpresa, descobriu que este empunhava uma navalha, aberta.

A multidão se animou. A jovem pareceu acalmar-se, novamente entorpecida pelos vapores do cânhamo, administrado pelos sacerdotes. Continuou, escoltada por sacerdotes e faquires. Sem serem percebidos, Fogg e seus companheiros infiltraram-se nas últimas fileiras da multidão.

Dois minutos depois, chegavam às margens do riacho onde se erguia a pira, sobre a qual já se encontrava o cadáver do rajá. A vítima foi colocada, completamente inerte, ao lado do morto.

Um dos hindus aproximou uma tocha da lenha. Impregnada de óleo, esta começou a arder. O general e o guia tentaram conter Fogg. Em um acesso de loucura, o inglês queria correr para a fogueira. Mas, quando conseguiu se libertar, e estava prestes a se atirar sobre a pira em chamas, para salvar a vítima, houve uma surpresa. A multidão deu um grito de terror. Em seguida, prostrou-se no solo, apavorada.

O morto ressuscitara! Ergueu-se da pira. Tomou a jovem esposa nos braços. Como um fantasma, desceu pela pilha de lenha em chamas. A fumaça acentuava sua aparência espectral!

Faquires, sacerdotes e guardas, apavorados, jaziam com a testa na terra, sem se atrever a erguer os olhos para contemplar semelhante prodígio.

A vítima, inanimada, era transportada por braços vigorosos que a carregavam como se fosse uma pluma. Fogg e o general continuavam em pé, surpresos. O jovem guia abaixara a cabeça. Talvez Passepartout não se sentisse menos surpreendido. Passepartout?

O ressuscitado avançou até Fogg e o general. Disse, rapidamente.

— Vamos fugir!

Era Passepartout! O corajoso criado tomara o lugar do falecido rajá. Aproveitando a escuridão e a surpresa da multidão, arrebatara a vítima da fogueira!

Instantes depois, os cinco estavam sobre o elefante, que iniciou um rápido trote. Bem a tempo! Gritos e urros mostraram que o estratagema fora descoberto! Uma bala atravessou o chapéu de Fogg.

De fato, quando o fogo aumentou, todos puderam ver o cadáver do rajá abandonado sobre a pira! Espantados, os sacerdotes descobriram que sua vítima fora raptada bem embaixo do nariz de cada um deles!

Imediatamente, correram para a floresta. Avistaram o elefante em marcha! Os guardas atiraram. Mas os ousados viajantes iam longe. Pouco depois, já estavam fora de alcance de balas e flechas!

14
O VALE DO GANGES

O rapto fora uma vitória! Uma hora depois, Passepartout ainda ria sozinho de sua audácia. O general lhe dera um aperto de mão. Seu patrão o elogiara com um simples "muito bem!". Mas nos lábios de Fogg, sempre tão contido, essas palavras equivaliam ao maior dos parabéns. Passepartout ria ainda mais ao pensar que ele, Passepartout, um ex-circense e ex-bombeiro, ocupara por instantes o lugar de um rajá!

A jovem hindu ainda não tomara consciência de sua salvação. Repousava em um dos cestos, ainda desacordada.

O elefante, guiado com mão segura pelo pársi, atravessava velozmente a floresta, ainda cheia de sombras no amanhecer.

Uma hora depois de terem deixado o templo, chegaram à planície. Resolveram descansar às sete horas. O guia deu goles de água e conhaque à jovem, mas mesmo assim ela não despertou. Continuava entorpecida. Cromarty, conhecedor dos efeitos da inalação de fumaça de cânhamo, explicou:

— Não se preocupem. Mais cedo ou mais tarde, ela vai acordar.

Embora não temesse pelo restabelecimento da jovem, o general temia por seu futuro.

— Se a moça continuar na Índia, voltará a cair nas mãos dos seguidores da seita, que existem em todo o país — explicou. — Acabará sendo capturada e devorada pelas chamas. Só estará segura fora da Índia.

Fogg prometeu pensar no assunto.

Perto das dez da manhã, o guia apontou a estação de Allahabad, onde continuavam os trilhos da estrada de ferro interrompida quilômetros atrás. Em um dia e uma noite seria possível chegar a Calcutá. Bem a tempo de embarcar no navio que partiria no dia seguinte, vinte e cinco de outubro ao meio-dia, para Hong Kong!

A jovem foi levada para uma sala fechada da estação ferroviária. Passepartout foi lhe comprar roupas e objetos de toalete, a pedido de Fogg.

Passepartout percorreu o povoado. Allahabad é conhecida como a cidade de Deus.

É uma das mais veneradas na Índia, por se encontrar na confluência de dois rios sagrados, o Ganges e o Jumna, cujas águas atraem peregrinos de todo o país. Segundo uma lenda narrada no Ramayana[21], o Ganges tem sua nascente no céu, de onde desce até a terra. Ao fazer suas compras, o criado teve a oportunidade de contemplar a cidade, no passado defendida por um magnífico forte. Mas, naquela época, a indústria e o comércio já haviam praticamente desaparecido do local. Foi com dificuldade que Passepartout descobriu onde adquirir um vestido, casaco e manta de viagem. Pagou bem mais do que o valor real, mas voltou contente para a estação.

Aouda já dava sinais de vida. Seus olhos recuperavam a doçura. Despertava. A hora da partida do trem também se aproximava. Fogg

[21] O Ramayana (ou "As Viagens de Rama") é um dos mais importantes poemas épicos da cultura hindu e constitui um dos seus cânones religiosos. O poeta conta a história da busca do príncipe Rama pela sua amada esposa Sita, sequestrada pelo demônio Ravana.

pagou o guia, sem oferecer uma moeda de gorjeta sequer. Passepartout surpreendeu-se. O guia arriscara a vida para ajudar a salvar a jovem. Se os seguidores da seita descobrissem, dificilmente escaparia da vingança.

Restava decidir o que fazer com o elefante, que custara tão caro. Fogg tomara uma decisão.

— Pársi — disse ao guia —, você foi prestativo e leal. Paguei pelo seu trabalho, mas não por sua lealdade. Quer o elefante?

Os olhos do guia brilharam.

— É uma fortuna que está me oferecendo! — exclamou.

— Aceite-a, e ainda assim continuarei seu devedor — afirmou Fogg.

— Deixe de escrúpulos e aceite! — aconselhou Passepartout. — Nunca mais terá uma oportunidade como essa! Este elefante é forte e valente!

Aproximou-se do paquiderme e lhe ofereceu um torrão de açúcar, num gesto de despedida.

O elefante grunhiu de satisfação. Enrolou a tromba na cintura de Passepartout e levantou-o até a altura de sua cabeça! Sem se assustar, Passepartout acariciou o animal. Em seguida, este tornou a colocá-lo delicadamente no chão.

Momentos depois, Phileas Fogg, o general e Passepartout instalaram-se em compartimento dos vagões. O melhor lugar foi destinado a Aouda. O trem partiu velozmente em direção a Benares, onde chegou em menos de duas horas.

Durante o trajeto, a jovem recuperou completamente os sentidos. É fácil imaginar-lhe a surpresa ao se ver dentro de um trem, vestida em traje europeu, ao lado de desconhecidos!

O general lhe narrou os acontecimentos. Não economizou elogios a Phileas Fogg, que arriscara a vida e seus planos de viagem para salvá-la. Contou o final feliz da aventura, graças à ideia genial de Passepartout. O fleumático Fogg deixou que ele falasse sem pronunciar uma só palavra. Sem jeito, Passepartout declarou que não valia a pena insistir em tantos elogios a sua pessoa.

Em lágrimas, Aouda agradeceu intensamente a seus salvadores. Seus olhos foram mais expressivos que os lábios, pois lhe faltavam palavras. Em seguida, lembrou-se das cenas de horror que vivera. Contemplou sua terra natal pela janela do trem, apavorada. Sabia dos perigos que ainda a rondavam. Estremeceu.

Fogg compreendeu seus sentimentos. Para tranquilizá-la, ofereceu-se para levá-la até Hong Kong. A jovem aceitou, agradecida. Um de seus parentes, também pársi, vivia na cidade. Era um dos principais comerciantes locais.

Ao meio-dia e meia, o trem parou na estação de Benares. Era onde desembarcava o general Francis Cromarty. Suas tropas acampavam a alguns quilômetros ao norte. Despediu-se de Fogg, desejando-lhe êxito. Aouda não se conteve:

— Jamais me esquecerei do que lhe devo!

Passepartout foi honrado com um forte aperto de mão. Em seguida, separaram-se.

A partir de Benares, a estrada de ferro atravessava o vale do Ganges. Através da janela, avistavam-se plantações de cevada, milho e trigo, rios e lagos repletos de crocodilos, aldeias exóticas e florestas fechadas. Elefantes e zebus com grandes corcovas vinham banhar-se nas águas do rio sagrado. Apesar do frio, grupos de hindus entravam nas águas do rio para praticar seus rituais. Eram seguidores do bramanismo, religião alicerçada no culto a três divindades: Vishnu, do Sol: Shiva, a personificação divina das forças naturais, e Brama, o mestre dos sacerdotes e dos legisladores. Às vezes um barco a vapor atravessava as águas do rio sagrado, espantando as gaivotas que voavam logo acima da superfície, as tartarugas das margens e os grupos de devotos que se banhavam.

Finalmente, às sete da manhã seguinte, os três chegaram a Calcutá. O navio partiria para Hong Kong ao meio-dia. Segundo seus planos, Fogg deveria chegar a Calcutá no dia vinte e cinco de outubro, vinte e três dias após ter saído de Londres. Estava, portanto, na data prevista. Os dias ganhos entre Londres e Bombaim estavam perdidos. Mas era de supor que não se lamentava nem um pouco!

15
BOLSA MAIS LEVE

O trem parou na estação. Passepartout foi o primeiro a desembarcar. Fogg ajudou a jovem hindu a descer. Queria ir diretamente até o navio, para instalar Aouda. Não desejava deixá-la nem um instante a mais em terras onde ainda poderia ser perseguida.

Mas, assim que iam deixar a estação, um policial aproximou-se.

— O senhor é Phileas Fogg? — perguntou.

— Sou eu mesmo.

— Esse homem é seu criado? — continuou, apontando Passepartout.

— Exatamente.

— Sigam-me.

Fogg não demonstrou surpresa alguma. O agente era representante da lei, e para ele a lei era sagrada. Passepartout ainda quis formular algumas perguntas, mas o policial tocou seu braço, e Fogg fez um sinal para que o seguissem sem demora.

— Esta senhora pode nos acompanhar? — perguntou.

— Sem dúvida — respondeu o policial.

Foram conduzidos até um veículo de quatro lugares, puxado por uma parelha de cavalos. Partiram. Durante os vinte minutos do trajeto, ninguém abriu a boca.

Atravessaram as estreitas ruas da parte mais pobre da cidade, onde as construções não passavam de barracos, nos quais vivia uma população suja, vestida com trapos. Penetraram no bairro europeu, com prédios luxuosos e ruas largas, adornadas por palmeiras onde circulavam cavalheiros elegantes e carruagens esplêndidas.

O veículo estacionou diante de um edifício de arquitetura mais simples. O policial os fez descer, e os conduziu até uma sala cujas janelas eram protegidas por grades, tratando-os como prisioneiros. Avisou:

— Às oito e meia comparecerão perante o juiz.

Retirou-se, fechando a porta.

— Fomos presos! — surpreendeu-se Passepartout, caindo em uma cadeira.

Tentando esconder a emoção, Aouda propôs a Fogg.

— Senhor, é preciso que nos separemos. Certamente estão sendo perseguidos por minha causa. Por terem salvado minha vida!

Fogg contentou-se em afirmar que isso não era possível. Perseguido por libertar uma jovem da fogueira? Impossível! O ritual era proibido pelos ingleses, ninguém se atreveria a dar queixa!

— Sem dúvida, trata-se de um erro — afirmou. — Não se preocupe, eu a levarei até Hong Kong.

— Mas o navio parte ao meio-dia! — lembrou Passepartout.

— Antes do meio-dia estaremos a bordo — respondeu Fogg, impassível.

Diante de tanta certeza, Passepartout só conseguiu concordar:

— Com certeza! Não perderemos o navio!

Mas, no íntimo, não tinha certeza alguma!

Às oito e meia, a porta se abriu. O policial conduziu os prisioneiros até a sala ao lado. O local já estava ocupado por uma multidão composta por europeus e indianos.

Fogg, Aouda e Passepartout sentaram-se em um banco, diante dos lugares reservados para o magistrado e o escrivão.

O juiz chegou, seguido pelo escrivão. Era redondo como uma bola. Pegou uma peruca pendurada em um prego e a colocou sobre a cabeça.

— Está iniciada a audiência pública — disse ele.

Em seguida, surpreso, botou a mão na cabeça.

— Ora, esta não é a minha peruca!

— É minha, senhor juiz! — observou o escrivão.

— E como quer que um juiz dê sentenças justas usando a peruca de um escrivão?

Ambos trocaram as perucas. Passepartout impacientava-se. Os ponteiros do enorme relógio da sala pareciam caminhar rapidamente.

— A primeira causa — anunciou o juiz.

— Senhor Phileas Fogg? — indagou o escrivão.

— Presente — respondeu este.

— Senhor Jean Passepartout?

— Presente! — disse o francês.

— Há dois dias são procurados em todos os trens vindos de Bombaim — afirmou o juiz.

— Do que somos acusados? — quis saber Passepartout, sem esconder a impaciência.

— Acalme-se — recomendou o juiz.

— Como posso me acalmar, se não sei qual é a acusação?

— Que entrem os queixosos! — exigiu o juiz.

A porta se abriu. Entraram três sacerdotes hindus, que ficaram em pé perante o juiz. A princípio, o cavalheiro e seu criado pensaram tratar-se dos fanáticos que pretendiam queimar a jovem. O secretário leu em voz alta a denúncia por sacrilégio, apresentada contra Phileas Fogg e seu criado, acusados de profanarem um local sagrado da religião brâmane.

— Ouviram bem? — perguntou o juiz.

— Sim, senhor, e confesso — respondeu Fogg.

— Ah, confessa?

— Confesso. Mas exijo que os três sacerdotes contem o que pretendiam fazer no pagode de Pillaji.

Os sacerdotes se entreolharam, demonstrando não entender as palavras do acusado.

— Exatamente! — exclamou Passepartout impetuosamente. — Queriam queimar sua vítima em frente ao pagode de Pillaji!

Os sacerdotes ficaram ainda mais surpresos. Maior surpresa foi a do juiz.

— Que vítima? Queimar quem, em plena cidade de Bombaim?

— Bombaim? — surpreendeu-se Passepartout.

— Sim, Bombaim. Não estamos falando do pagode de Pillaji. Mas do de Malebar, em Bombaim!

— Para provar a acusação, há o calçado do profanador — disse o escrivão.

E colocou um par de botas sobre a mesa. Foi a vez de Passepartout se surpreender.

— Minhas botas! — exclamou.

Patrão e criado haviam se esquecido do incidente em Bombaim. Era esse acontecimento que os havia levado até o juiz em Calcutá.

Quem estava por trás de tudo era o detetive Fix. Decidido a atrasar a partida de Fogg até que chegasse a ordem de prisão, aconselhara os sacerdotes de Malebar a apresentar uma queixa. Prometeu-lhes uma boa indenização, pois o governo inglês costuma ser rígido com esse tipo de delito. Colocou-os no trem seguinte ao tomado por Fogg e Passepartout. Devido ao tempo gasto para salvar a jovem viúva, ambos só haviam chegado a Calcutá depois dos queixosos e, é claro, de Fix. O magistrado dera ordem para que fossem levados a julgamento assim que desembarcassem.

Quando soube que Fogg não chegara ainda, Fix preocupou-se. Imaginou que o suposto ladrão saltara em outra estação, refugiando-se em uma província qualquer. Durante vinte e quatro horas, vigiou a estação ferroviária. Sentiu uma enorme alegria ao ver seu suspeito, Phileas Fogg, desembarcar em companhia de uma linda jovem, cuja presença lhe parecia inexplicável. Imediatamente, avisou o policial. E agora os três se encontravam diante do juiz.

Se Passepartout não estivesse tão preocupado, teria visto Fix no canto da sala.

O juiz mandou lavrar a ata de confissão espontânea de Passepartout, que reconhecera as botas. O francês teria dado tudo o que possuía para se retratar de suas palavras imprudentes.

— Ratifica suas declarações? — quis saber o juiz.

— Sim, excelência — respondeu Fogg.

O juiz anunciou:

— Visto que a lei inglesa protege com igualdade e rigor a população hindu, considerando-se que o acusado Jean Passepartout confessou o delito de profanação do pagode de Malebar, em Bombaim, no dia vinte de outubro, condeno o dito Passepartout a quinze dias de prisão e multa de trezentas libras esterlinas.

Era uma fortuna!

— Trezentas libras! — horrorizou-se Passepartout, mais preocupado com o valor da multa que com a prisão.

— Silêncio — exigiu o escrivão.

O juiz continuou:

— E considerando que não está provada a conivência entre patrão e criado, mas que, em todo caso, o patrão é responsável pelos atos e omissões de quem emprega, condeno o senhor Phileas Fogg a oito dias de prisão e cento e cinquenta libras de multa. Podem retirar-se.

Lá no seu canto, Fix sentia uma enorme satisfação. Segundo acreditava, oito dias seriam suficientes para chegar de Londres a ordem para prender Fogg e mandá-lo de volta à Inglaterra!

Passepartout estava sem palavras. A condenação acabava com as chances de seu patrão. A aposta estaria perdida! Uma aposta de vinte mil libras porque ele, como um idiota, havia entrado em um pagode!

Phileas Fogg continuou absolutamente senhor de si, como se a condenação não lhe dissesse respeito. Nem franziu as sobrancelhas! Quando o escrivão ia chamar os próximos acusados, ergueu-se e declarou:

— Ofereço fiança.

— Está no seu direito — respondeu o juiz.

Fix teve arrepios na espinha. Mas logo se acalmou, pois o juiz resolveu pedir uma fiança aparentemente exorbitante. Pelo fato de Fogg e Passepartout serem estrangeiros, exigiu mil libras de cada um. Duas mil no total!

— Pago — declarou Fogg.

Tirou duas mil libras da bolsa que Passepartout carregava. Entregou-as ao juiz.

— Ficam soltos sob fiança, enquanto tentam um recurso. Não podem sair da cidade. A quantia será restituída quando vencerem o processo ou quando deixarem a prisão.

— Vamos! — disse Fogg para o criado.

— Ao menos me devolvam as botas! — exigiu Passepartout em acesso de raiva.

As botas foram restituídas.

— Que botas caras! Mil libras cada uma! E ainda por cima estão apertadas! — comentou o criado.

Fogg ofereceu o braço à jovem hindu. Passepartout os seguiu. Fix tranquilizou-se. Não acreditava que seu suspeito perdesse tal quantia para se livrar de oito dias de cárcere! Mesmo assim, seguiu Fogg, que com o criado e a moça tomaram uma carruagem. Fix correu atrás. Observou quando desceram no cais.

O Rangoon estava ancorado a um quilômetro do porto, com a bandeira que assinalava a partida já erguida no alto do mastro. Eram onze horas! Fogg conseguira chegar com uma hora de avanço. Surpreso, Fix os viu embarcar em uma lancha e partir em direção ao navio. O detetive bateu o pé no chão.

— Safado! — exclamou. — Fugiu! Jogou fora duas mil libras! É pródigo como um ladrão! Vou segui-lo até o fim do mundo, se for preciso! Mas, do jeito que vai, logo gastará tudo o que roubou do banco!

A conclusão de Fix não era sem fundamento. De fato, desde que partira de Londres, entre gastos de viagem, gorjetas, compra do elefante e a fiança, Fogg já gastara mais de cinco mil libras. Mais um problema, no entender de Fix. O prêmio para a captura do ladrão de banco seria proporcional à soma recuperada. "Se torrar o dinheiro como está fazendo", pensou Fix, "não sobrará prêmio algum quando for para trás das grades!"

16
A FALSIDADE DO DETETIVE

O Rangoon era um dos navios que a companhia peninsular e oriental usava para transporte nos mares da China e do Japão. Tratava-se de um barco de ferro, com hélice e capacidade de mil, setecentos e setenta toneladas. Igualava-se ao Mongólia em velocidade, mas não em conforto. Aouda não pôde ser tão bem acomodada como desejava Phileas Fogg. Tratava-se de uma travessia de cinco mil, seiscentos e quarenta quilômetros em onze ou doze dias, mas a jovem não se mostrou uma passageira exigente.

Já nos primeiros dias a bordo, Aouda pôde conhecer mais profundamente Phileas Fogg. Em todas as oportunidades, demonstrava-se imensamente reconhecida. O fleumático cavalheiro a escutava, aparentemente com frieza, sem nenhum gesto que revelasse a mais ligeira emoção. Mas cuidava para que nada lhe faltasse. Em determinados horários ele a visitava, se não para conversar, ao menos para ouvi-la. Agia com a mais extrema educação, mas sempre rígido e distante. Aouda não sabia o que pensar de tal atitude, mas Passepartout deu-lhe algumas explicações sobre a excentricidade do seu patrão. Contou-lhe também sobre a aposta que o levava a dar a volta ao mundo. A jovem sorriu. Excêntrico ou não, lhe devia a vida. Seu salvador merecia toda sua gratidão.

Aouda confirmou o relato do guia pársi sobre sua vida. Pertencia a uma família abastada, ligada ao comércio de algodão. Um de seus parentes chegara a receber um título de nobreza da Inglaterra. Em Hong Kong pretendia recorrer a outro parente, Jejeeh. Encontraria a seu lado refúgio e proteção? Não tinha certeza. Mas Fogg garantiu que não havia motivo para se preocupar.

— Tudo se arranjará matematicamente — disse ele.

Os olhos da bela viúva fixaram-se nos de Fogg, límpidos como os sagrados lagos do Himalaia. Pouco sociável e reservado como sempre, o inglês não parecia disposto a mergulhar naquelas águas.

A primeira parte do trajeto do Rangoon ocorreu em excelentes condições. O tempo estava favorável. O barco seguiu pela costa. O panorama oferecido pelas ilhas da região era soberbo. Imensas florestas de palmeiras, de arecas, de bambus, de árvores de noz-moscada, de tecas e samambaias gigantescas surgiam em primeiro plano. Ao fundo recortavam-se as montanhas. Logo o Rangoon dirigiu-se a toda velocidade ao estreito de Málaca, que lhe daria acesso aos mares da China.

E o detetive Fix, arrastado para aquela viagem de volta ao mundo? Em Calcutá deixara instruções para que a ordem de prisão de Phileas Fog fosse remetida para Hong Kong. Conseguira embarcar no navio a tempo, sem ser visto por Passepartout. Pretendia continuar oculto até a chegada. Seria difícil explicar por que estava a bordo sem despertar as suspeitas do criado, que ainda o supunha em Bombaim. Mas as circunstâncias o fizeram mudar de plano.

Todos os sonhos e esperanças de Fix concentravam-se em Hong Kong. O navio pararia pouco tempo em Cingapura, onde não haveria tempo para receber a ordem de prisão e deter Fogg. Seria preciso fazê-lo em Hong Kong, ou seu suspeito escaparia de forma irremediável, segundo acreditava o detetive.

[22] A Inglaterra exercia forte influência econômica e política sobre a China. No entanto, apenas a ilha de Hong Kong foi efetivamente ocupada militarmente pela Inglaterra em 1842. Em 1898 um acordo assinado pela China estabelecia que Hong Kong seria colônia britânica durante 99 anos. Ao fim desse período, Hong Kong voltou a fazer parte da China.

De fato, Hong Kong era ainda território inglês, mas o último da viagem[22]. Em outras regiões da China, no Japão e na América, Fogg estaria fora da jurisdição britânica. Se a ordem de prisão chegasse a Hong Kong em tempo, poderia prender Fogg e entregá-lo à polícia local, que o devolveria à Inglaterra. Após essa cidade, seria necessária uma ordem de extradição, o que causaria atrasos, dificuldades, obstáculos de todos os tipos!

Durante as longas horas em que permanecia no seu camarote, Fix refletia:

— Ou a ordem de prisão já chegou a Hong Kong e prendo o homem, ou não chegou ainda. Nesse caso, terei que atrasar sua viagem de qualquer maneira. Fracassei em Bombaim, fracassei em Calcutá. Se fracassar novamente, minha reputação como detetive estará perdida! Preciso triunfar!

Em última hipótese, Fix estava decidido a revelar tudo a Passepartout. Embora estivesse certo de que Fogg era o ladrão do banco, não acreditava que o criado fosse seu cúmplice.

— Para não se comprometer, o rapaz me ajudará a capturar o patrão!

Mas Fix sabia: uma única palavra do criado a Fogg prejudicaria seu plano!

A presença de Aouda a bordo o instigava ainda mais. Quem seria a jovem? Em que circunstâncias passara a viajar com Phileas Fogg? Por que motivo? Ou, pelo contrário, o inglês partira de Londres com o objetivo de encontrar a misteriosa mulher?

— Como é bela! — admirava-se Fix.

Ao final, concluiu:

— Só pode ter sido raptada!

Resolveu denunciar o inglês por mais essa suspeita. Isso com certeza o deteria em Hong Kong!

— Se for sequestro, não poderá fugir nem pagar fiança! — concluiu.

O problema, para o detetive, era a rapidez com que Fogg saltava de um navio e embarcava em outro. Corria o risco de faltar tempo para apresentar a denúncia!

— Vou prevenir as autoridades antes do desembarque! — resolveu. — Quando o navio atracar em Cingapura, mando um telegrama!

Mas e se não se tratasse de um rapto? Para agir com mais segurança, Fix resolveu interrogar Passepartout. Não havia tempo a perder. Na manhã seguinte, o navio atracaria em Cingapura. Resolveu sair do anonimato. Deixou o camarote e foi ao tombadilho, com a intenção de aproximar-se do criado. "Fingirei espanto", decidiu.

Passepartout passeava pela proa quando Fix correu até ele, exclamando:

— Também está a bordo!

— A surpresa é toda minha! — reagiu Passepartout, ao reconhecer o companheiro do Mongólia. — Mas como é possível? Nós nos vimos pela última vez em Bombaim! Também vai dar a volta ao mundo?

— De maneira alguma! Penso em ficar em Hong Kong por alguns dias! — disfarçou Fix.

— Como não o vi desde que o navio partiu de Calcutá?

— Ah, tive enjoo. Fiquei deitado, em repouso! E o seu patrão? Está bem?

— Perfeitamente. E dentro do cronograma! Nem um dia de atraso! Já sabe que estamos acompanhados por uma jovem dama?

— Uma dama? — admirou-se Fix, fingindo não compreender sobre o que falava o interlocutor.

Passepartout contou toda a história. Narrou o incidente no pagode de Bombaim, a compra do elefante, o caso da Aouda, que seria queimada na fogueira, a sentença no tribunal de Calcutá e a liberdade sob fiança. Fix sabia do julgamento, é claro. Mas fingiu ignorar tudo.

— Seu patrão pretende levar a jovem até a Europa? — indagou.

— Vamos deixá-la com um parente. Trata-se de um rico comerciante de Hong Kong.

Contrariado, o detetive pensou, decepcionado: "Não há denúncia de rapto a fazer!" Em seguida disse para si mesmo: "Outras oportunidades surgirão".

E, hipocritamente, convidou Passepartout para brindar o reencontro!

17
DE CINGAPURA A HONG KONG

A partir daquele dia, Passepartout e o detetive passaram a se encontrar com frequência. Mas o policial manteve uma extrema reserva sobre seus planos, não dando a menor pista do que realmente pretendia. Não se aproximou de Phileas Fogg. Só o viu algumas vezes no grande salão do navio, às vezes acompanhado por Aouda, outras jogando cartas.

Mas Passepartout começou a pensar seriamente sobre a estranha coincidência que colocara Fix novamente na rota de seu patrão. Não era de admirar que tivesse suspeitas. Por mais simpático que fosse, Fix parecia seguir o mesmo trajeto de Fogg. Que pretendia? Passepartout apostaria suas pantufas — que guardava como um tesouro — que Fix partiria de Hong Kong junto com eles, se possível no mesmo navio.

Mesmo que refletisse sobre o tema durante um século, entretanto, o francês jamais teria adivinhado os verdadeiros planos do detetive, nem as suspeitas que incidiam sobre Phileas Fogg. O ser humano gosta de buscar explicação para tudo. Passepartout deduziu que Fix era um agente contratado pelos outros apostadores do Reform Club, para verificar se a viagem de volta ao mundo seguiria o itinerário combinado, ou se haveria algum truque para encurtar o caminho.

"É óbvio!", disse a si mesmo o rapaz, orgulhoso de sua conclusão. "É um espião! Que coisa! Enviarem um agente atrás do senhor Fogg, um homem tão sério!"

Na quarta-feira, trinta de outubro, ao meio-dia, o Rangoon entrou no estreito de Málaca, que separa a península da ilha de Sumatra. Às quatro da manhã, tendo se antecipado em meio dia, ancorava em Cingapura, para renovar seu estoque de carvão.

Phileas Fogg anotou esse avanço em seu cronograma, na coluna de lucros. Aceitou descer em terra, para acompanhar Aouda, que desejava passear. Sempre suspeitando de todos os atos do inglês, Fix o seguiu disfarçadamente. Passepartout riu ao perceber, e foi fazer compras, como de hábito.

A ilha de Cingapura é encantadora, embora não seja grande. Não possui montanhas. Assemelha-se a um parque cortado por belas alamedas. Uma elegante carruagem puxada por cavalos conduziu Aouda e Fogg através de bosques de palmeiras e plantações de cravo-da-índia. As árvores de noz-moscada perfumavam o ambiente.

Após percorrerem os campos por algumas horas, Aouda e Fogg chegaram à cidade, com suas casas baixas e pomares. Às dez voltaram para o navio, sempre seguidos pelo detetive, sem que se dessem conta.

Às onze, o navio levantou ferros. Cerca de dois mil e quinhentos quilômetros separam Cingapura da ilha de Hong Kong, um pequeno território segregado da costa chinesa. Phileas Fogg pretendia chegar a Hong Kong em no máximo seis dias, para tomar um navio para o porto de Yokohama, no Japão, que largava a seis de novembro.

O tempo, que até então estivera bom, mudou com a nova fase da Lua. O mar encapelou-se. O vento soprava com força. Felizmente, do sudeste, o que favorecia a navegação. Quando era possível, o capitão desfraldava todas as velas. Graças à ação conjugada do motor a vapor e das velas, o navio aumentou a velocidade. Foi assim que através dos vagalhões percorreu a costa de Annan e da Conchinchina. Muitos passageiros enjoaram, sofrendo com a agitação das águas.

Foi preciso diminuir a velocidade, devido ao mau tempo. Fogg não demonstrava a menor preocupação. Passepartout inquietava-se. Culpava o capitão, o maquinista, a companhia marítima, e praguejava contra todos os meios de transporte.

— Tem tanta pressa de chegar a Hong Kong? — perguntou-lhe o detetive, certo dia.

— Muitíssima!

— Acredita que o senhor Fogg também tenha tanta pressa em embarcar para Yokohama?

— Tremenda!

— Quer dizer que acredita nessa história de viagem de volta ao mundo?

— Com certeza! E o senhor?

— Eu? Não acredito!

— Farsante! — respondeu Passepartout, dando uma piscadinha.

Essa palavra fez o detetive cismar. Inquietou-se, sem saber bem por quê. Teria sido descoberto pelo francês? Não sabia o que pensar! Mas como Passepartout poderia saber que era detetive, se era segredo? Fix ficou com a pulga atrás da orelha.

Em outra ocasião, o criado não conseguiu se conter e falou ainda mais:

— Diga-me, senhor Fix — comentou em tom malicioso. — Ficará definitivamente em Hong Kong?

— Hummm... talvez — retrucou o detetive desconcertado.

— Ah, é lamentável! — continuou o criado. — Se nos acompanhasse, ficaria muito contente. Veja só! Inicialmente, o senhor me disse que ia até Bombaim e agora está chegando à China! A América não fica longe. E pode-se dizer que da América à Europa a distância ainda é menor!

Fix observou seu interlocutor com atenção. Passepartout aparentava calma e amabilidade. Mas estava com veia para falar. Foi além, perguntando:

— Ganha muito em seu trabalho, senhor Fix?

— Sim e não. Há negócios bons e maus. Mas já deve ter compreendido que não viajo a minha custa.

— Quanto a isso, tenho certeza! — exclamou Passepartout, rindo alegremente.

Após o diálogo, Fix foi para seu camarote. Refletiu:

"Não há dúvida! Fui descoberto!"

O francês o identificara como agente policial! Teria avisado o patrão? Que papel desempenhava, de fato? Seria cúmplice e não criado? Seu plano teria ido por água abaixo? Passou algumas horas analisando as alternativas. Muitas vezes, acreditava estar tudo perdido. Outras, tinha esperança de que Fogg ainda ignorasse a situação. Só não conseguia concluir em que pé estavam as coisas.

Finalmente, acalmou-se. Decidiu buscar o apoio de Passepartout, se fosse necessário. Caso não tivesse condições de prender Phileas Fogg em Hong Kong, e o suspeito estivesse prestes a embarcar para o Japão, contaria tudo ao francês. Ou o rapaz era cúmplice ou nada sabia do roubo do banco, e estaria disposto a ajudá-lo.

Essa era a situação com respeito ao criado e ao detetive. Phileas Fogg continuava a se comportar com tal indiferença. Tal como um planeta, descrevia sua órbita sem se importar com os asteroides que gravitavam em torno.

Mas, nas suas proximidades, movia-se um astro capaz, em tese, de produzir profundas perturbações no coração de Phileas Fogg. Isso, porém, não acontecia. Os atrativos de Aouda, a jovem viúva hindu, não pareciam exercer nenhuma atração sobre o cavalheiro. Ele agia com total indiferença, para surpresa de Passepartout.

Sim! Diariamente o rapaz espantava-se com a frieza de Fogg, apesar dos constantes olhares de gratidão endereçados por Aouda. Fogg parecia ter o coração aberto para atos de heroísmo. Mas não para o amor!

18
UM GOLPE DE SORTE

O tempo piorou. Sem estabilidade, o Rangoon balançava em todas as direções. Ondas quebravam na superfície do mar. Em três e quatro de novembro, foram atingidos por uma tempestade. Recolheram-se as velas. Diminuiu-se o vapor. O navio avançava lentamente. Calculou-se um atraso de no mínimo vinte horas. Ou até mais, se a tempestade não diminuísse.

Phileas Fogg observava o espetáculo do mar furioso, que parecia lutar diretamente contra ele, com a sua habitual placidez. Sua testa não se contraiu nem um instante, embora uma demora de vinte horas pudesse impedi-lo de embarcar para Yokohama, atrasando toda a viagem. Aquele homem sem nervos não demonstrava raiva ou impaciência. Era como se a própria tempestade estivesse prevista em seu cronograma! Aouda quis conversar sobre o problema. Mas o encontrou tão fleumático como sempre. Já Fix se alegrava. Se perdesse o navio para o Japão, Fogg seria obrigado a passar mais tempo em Hong Kong. A tempestade era útil para os planos do detetive. Apesar de enjoado, não se importava. Enquanto seu corpo se contorcia devido ao mal-estar, seu espírito dilatava-se de satisfação.

Quanto a Passepartout, não é necessário falar de sua cólera. Enquanto durou a tempestade, permaneceu no tombadilho. Não conseguia ficar no camarote. Subia aos mastros. Surpreendia os marinheiros com sua flexibilidade digna de um macaco. Fazia uma pergunta atrás da outra ao capitão, aos oficiais e ao pessoal de bordo, que riam diante de sua ansiedade. A todo custo, queria saber quanto tempo duraria a tempestade. Respondiam que fosse verificar no barômetro[23]. O instrumento não se mexia, e o francês o sacudia, enquanto o injuriava.

---

[23] O barômetro é um instrumento para medir a pressão atmosférica. No final do século XIX, os mais precisos continham uma coluna de mercúrio capaz de indicar, numa escala graduada, as variações da pressão atmosférica. Com isso é possível calcular a altitude em relação ao nível do mar e fazer previsões de tempo razoavelmente precisas.

Finalmente, a tempestade aplacou. No dia quatro de novembro, o mar modificou-se. O vento tornou-se favorável. À medida que o tempo melhorava, voltou o bom humor de Passepartout. As velas foram desfraldadas mais uma vez. O Rangoon voltou a navegar em plena velocidade. Mas não era possível recuperar o tempo perdido. Só avistaram terra no dia seis, às cinco horas da manhã. O cronograma de Fogg previa a chegada para o dia cinco. As vinte e quatro horas de atraso tornariam impossível embarcar dentro do prazo para Yokohama.

Às seis, um piloto subiu a bordo e instalou-se na ponte, para orientar o navio até o porto de Hong Kong. Passepartout morria de vontade de interrogá-lo, para saber se o navio para Yokohama já largara. Mas não se atrevia, com medo de se decepcionar com a resposta. Confidenciou seu medo a Fix, que fingiu consolá-lo.

— Basta que seu patrão espere pelo próximo navio!

O francês ficou ainda mais furioso.

Fogg, com sua calma habitual, perguntou ao piloto se sabia quando haveria um barco a vapor para Yokohama.

— Amanhã, na primeira maré — respondeu o piloto.

— Ah! — respondeu Fogg, sempre impassível. — Qual o nome da embarcação?

— Carnatic — respondeu o piloto.

— Não ia partir ontem?

— De fato. Mas teve que consertar uma das caldeiras e a partida foi adiada para amanhã.

— Obrigado — respondeu Fogg.

E desceu para o salão com passadas automáticas.

Diante da resposta, Passepartout agarrou a mão do piloto e apertou-a calorosamente, exclamando:

— O senhor é muito simpático!

O piloto certamente nunca soube por que sua informação despertou reação tão amistosa. A um silvo da máquina, retomou seu lugar e dirigiu o navio entre o amontoado de juncos, de canoas de pescadores e barcos de toda a espécie que flutuavam na entrada do porto de Hong Kong. À uma hora, o Rangoon ancorou e os passageiros desembarcaram.

O acaso favorecera Phileas Fogg. Se não fosse pelo conserto das caldeiras, o Carnatic teria partido um dia antes. Os viajantes teriam tido que esperar oito dias até o barco seguinte. É verdade que o cavalheiro já se atrasara um dia em relação a seu cronograma. Mas tal atraso poderia ser superado!

Mesmo porque o navio que deixara Yokohama em direção a San Francisco, atravessando o oceano Pacífico, estava em correspondência direta com o que sairia de Hong Kong. Não partiria até a chegada deste. Durante os vinte e dois dias de viagem pelo Pacífico, provavelmente recuperaria as vinte e quatro horas de atraso na partida.

O Carnatic não deveria partir até as cinco da manhã. Fogg tinha dezesseis horas pela frente para resolver a situação de Aouda. Ao desembarcar, tomou um veículo de aluguel. Pediu ao condutor que lhes indicasse um hotel. Este os levou até o Hotel du Club, onde chegaram vinte minutos depois.

A jovem acomodou-se em um quarto. Fogg providenciou para que nada lhe faltasse. Em seguida, dedicou-se a encontrar o parente a cujos cuidados devia deixá-la. Ordenou que Passepartout permanecesse no hotel até sua volta, para fazer companhia à viúva.

Fogg dirigiu-se à Bolsa de Valores. Lá deveria conhecer um comerciante do porte de Jejeeh, segundo Aouda, um dos mais ricos do local.

O corretor a quem pediu informações realmente conhecia o comerciante pársi. Mas há dois anos este não residia na China. Após amealhar grande fortuna, mudara-se para a Europa — provavelmente para a Holanda, país com que sempre mantivera inúmeras relações comerciais.

Phileas Fogg retornou ao hotel. Imediatamente, foi até Aouda e, sem preâmbulos, contou que Jejeeh não vivia mais em Hong Kong.

A jovem levou delicadamente os dedos à testa. Perguntou em tom meigo:

— Que me aconselha, senhor Fogg?

— Algo bem simples: viaje comigo até que eu volte para a Europa.

— Mas não devo abusar de sua generosidade!

— A senhora não abusa, e sua presença em nada altera meu cronograma.

Fogg chamou, em seguida:

— Passepartout!

— Sim, senhor, que deseja?

— Vá ao Carnatic e reserve três camarotes!

Encantado por prosseguir a viagem em companhia da bela viúva, sempre tão gentil, Passepartout saiu apressadamente para tratar das passagens.

19
O GOLPE

Passepartout caminhou em direção ao porto, admirando os palanquins, os carrinhos a vela, ainda em uso, e a multidão de chineses, japoneses e europeus que mal cabiam nas ruas. Com pouca diferença, a cidade era uma reprodução de Bombaim, Calcutá ou Cingapura. Finalmente, chegou a seu destino. Na embocadura do Cantão, havia um formigueiro de navios de todas as nacionalidades: ingleses, franceses, americanos, holandeses, barcos de guerra ou de comércio, embarcações japonesas e chinesas, juncos e até barcos de flores, capazes de criar verdadeiros jardins na superfície das águas. O rapaz reparou em alguns habitantes locais vestidos de amarelo, todos em idade muito avançada. Entrou em uma barbearia. Enquanto se barbeava à chinesa, soube que aqueles velhos tinham no mínimo oitenta anos cada um. A partir daquela idade tinham o privilégio de usar a cor amarela, considerada imperial. Achou o detalhe muito curioso. Depois disso, já barbeado, foi para o cais, onde estava ancorado o Carnatic. Não por acaso, encontrou o detetive Fix, que caminhava de um lado para o outro, ansioso como sempre. Não se admirou. O detetive demonstrava a mais viva contrariedade em todos os seus gestos.

"Que mau humor!", pensou Passepartout. "Decerto é porque a aposta anda mal para os membros do Reform Club."

Aproximou-se com a alegria habitual, fingindo não ter reparado na aparência preocupada do amigo.

Fix tinha bons motivos para se queixar da falta de sorte. Ainda não chegara a ordem de detenção de Phileas Fogg. Era evidente que estava a caminho, mas sem acompanhar o ritmo da viagem. O suspeito certamente fugiria, se não conseguisse prendê-lo enquanto ainda estivesse em uma colônia inglesa.

— Decidiu partir conosco para a América, senhor Fix? — perguntou Passepartout.

— Sim — respondeu Fix, cerrando o maxilar.

— Ainda bem! — exclamou o rapaz, dando uma ruidosa gargalhada. — Tinha certeza de que o senhor não se separaria de nós. Venha comprar sua passagem junto comigo!

Entraram no escritório de transportes marítimos. Reservaram os camarotes. O funcionário os avisou que o navio antecipara a partida. Já fora consertado e deixaria o porto naquela mesma noite, às oito. E não mais às cinco da manhã, como fora anunciado.

— Meu patrão se alegrará com a notícia! — comemorou Passepartout.

Fix tomou uma decisão: contar tudo ao francês. Talvez fosse a única maneira de reter Phileas Fogg em Hong Kong! Assim, ao sair do escritório, convidou Passepartout para beber alguma coisa. Como havia tempo, o rapaz aceitou.

Foram a uma taberna situada no cais. Entraram em uma sala bem decorada e acolhedora. No fundo, havia uma cama de campanha repleta de almofadas, sobre a qual dormiam vários homens.

Cerca de trinta clientes ocupavam mesinhas de junco trançado no salão. Alguns bebiam canecos de cerveja inglesa. Outros, cálices de licores alcoólicos, gim ou conhaque. A maioria fumava longos cachimbos de barro cozido, com bolotas de ópio acesas, misturadas com essência de rosas. Às vezes algum fumante, entorpeci-

[24] Proibido na Inglaterra e na China, o tráfico de ópio (ver nota 19) dava enormes lucros aos comerciantes ingleses. A droga era muito popular entre a numerosa população pobre da China, pois um dos seus efeitos é o entorpecimento dos sentidos, que disfarça a fome. A dura repressão do governo chinês ao tráfico desencadeou as duas Guerras do Ópio (1839-1842 e 1856-1860) contra a Inglaterra. A China perdeu a guerra e foi obrigada a abrir seus portos ao comércio inglês e entregar para aquele país a ilha de Hong Kong. Mesmo depois da guerra, o tráfico não cessou.

do pelo ópio, caía sobre a mesa. Os empregados da taberna os agarravam pelos pés e pela cabeça, e os levavam até a cama. Eram deixados ao lado de outro colega, também adormecido. Já havia uns vinte, completamente embrutecidos.

Fix e Passepartout entenderam que haviam entrado em um local para viciados, magros, sem condições de pensar, com os quais a Inglaterra lucrava fortunas vendendo ópio[24]. Lucro vindo do vício! O governo chinês tentava impedir o abuso por meio de leis severas. Mas era impossível impedir a devastação causada pelo vício, tanto entre ricos como pobres. Os fumantes, após algum tempo, não conseguem mais prescindir das inalações, pois sofrem de horríveis contrações no estômago. Um viciado é capaz de fumar até oito cachimbos por dia. Morre em aproximadamente cinco anos.

Mesmo assim, Fix e Passepartout pediram duas garrafas de vinho, às quais o francês prestou as devidas honras. O detetive o observava atentamente. Conversaram sobre vários assuntos. Ao terminar o vinho, o criado levantou-se. Precisava avisar o patrão que a partida fora antecipada.

Fix o deteve:

— Espere um instante! — pediu.

— Que deseja, senhor Fix?

— Quero lhe falar sobre um assunto muito sério.

Passepartout bebeu as últimas gotas de vinho. Levantou-se.

— Falaremos amanhã. Hoje não tenho mais tempo.

— Fique. É algo que se refere a seu patrão.

O rapaz observou seu interlocutor. Notou algo diferente em sua expressão. Sentou-se novamente.

Fix colocou a mão sobre o braço do companheiro. Abaixou a voz e perguntou:

— Já adivinhou quem eu sou?

— Sem dúvida! — responde Passepartout.

— Nesse caso, lhe contarei tudo!

— Saiba que tudo isso é muito desagradável, senhor Fix! Pode começar. Mas antes, permita-me avisá-lo que aqueles senhores gastam seu dinheiro inutilmente.

Fix ofendeu-se.

— Inutilmente?! Fala sem saber o que diz! Vejo que não sabe o tamanho da quantia em jogo!

— Claro que sei! — retrucou Passepartout. — São vinte mil libras!

— Cinquenta e cinco mil! — garantiu Fix, apertando a mão do francês.

— Como? — espantou-se Passepartout. — Será possível que o senhor Fogg tenha sido tão ousado?! Cinquenta e cinco mil libras, céus! É mais um motivo para não perder nem um instante!

Levantou-se mais uma vez, disposto a partir.

— Cinquenta e cinco mil libras! — repetiu Fix.

O policial à paisana obrigou Passepartout a sentar-se novamente, após pedir uma garrafa de conhaque. Continuou:

— Se eu triunfar, ganharei duas mil libras. Aceita quinhentas para me ajudar?

— Ajudá-lo? — surpreendeu-se Passepartout, arregalando os olhos.

— Sim! Ajude-me a reter o senhor Fogg em Hong Kong durante alguns dias!

— O quê? Então os tais senhores não se satisfazem apenas em espionar o meu patrão e suspeitar de sua correção. Pretendem ainda criar obstáculos! Que vergonha!

— Que diz? — espantou-se Fix.

— É o que digo e mantenho minhas palavras. Trata-se de uma atitude muito incorreta e eu não aceitaria de maneira alguma uma oferta tão descabida. Seria o mesmo que roubar dinheiro do bolso do senhor Fogg!

— É justamente do que se trata: roubo!

— Que estratagema indigno! — exclamou Passepartout, exaltado pelo efeito do conhaque que o detetive lhe servia generosamente e que ele bebia aos goles. — É uma armadilha! Que tipo de cavalheiros são esses?

Fix já não entendia mais nada.

— Valentes cavalheiros ingleses! — vociferou Passepartout. — Parece mentira que sejam sócios de um clube tão elegante como o que frequenta o senhor Fogg! Fique sabendo, senhor Fix, que meu patrão é um homem decente, e que quando faz uma aposta trata de ganhá-la honestamente.

— Quem julga que eu seja? — surpreendeu-se ainda mais Fix.

— Quem mais senão um agente dos sócios do Reform Club, cuja missão é controlar o itinerário do meu patrão?! É humilhante! Saiba que adivinhei seus propósitos há tempo. Só não os comuniquei ao senhor Fogg!

— Quer dizer que ele de nada sabe?! — inquiriu vivamente o detetive.

— Não disse nem uma palavra! — assegurou Passepartout.

E mais uma vez emborcou o copo.

O detetive passou a mão na testa, hesitando antes de continuar a falar. O erro de Passepartout parecia sincero. Mas tornava mais difícil a revelação. Era evidente que o rapaz era de boa-fé. E não um cúmplice de Fogg, como Fix havia receado.

"Pois bem", decidiu, "se não é cúmplice e não participou do roubo, há de me ajudar!"

A conclusão reforçou a decisão de Fix. Conseguiria o apoio do criado! Antes de mais nada, era preciso reter Fogg em Hong Kong.

— Ouça, não sou um espião enviado pelos membros do clube! — declarou.

— Ora, não tente me enganar! — respondeu com um olhar malicioso.

— Sou detetive, encarregado de uma missão pela polícia de Londres.

— O senhor? Detetive?

Fix tirou sua identificação. Mostrou-a. Surpreso, Passepartout encarava o detetive, sem conseguir abrir a boca.

— A aposta do senhor Fogg foi somente um pretexto, com o qual o enganou, e também os sócios do clube. Queria assegurar sua cumplicidade — continuou Fix.

— Por que razão?

— No dia vinte e nove de setembro, alguém roubou cinquenta e cinco mil libras do Banco da Inglaterra. A descrição da fisionomia do indivíduo corresponde, traço por traço, com a do senhor Fogg!

Passepartout deu um murro na mesa.

— Deixe de asneiras! Meu patrão é o homem mais honesto do mundo!

— Como sabe, se nem ao menos o conhece? Entrou para seu serviço no mesmo dia em que partiram de Londres às pressas, alegando uma aposta insensata! Sem malas e com uma grande quantidade de dinheiro vivo! Ainda afirma que se trata de um homem honesto?

— Sim! Sim! — repetia mecanicamente o pobre rapaz.

— Quer ser preso como cúmplice?

Passepartout apertou a cabeça com as mãos. Não parecia o mesmo. Nem se atrevia a encarar o detetive. Phileas Fogg, ladrão?! O salvador de Aouda, o homem que dera provas de coragem e generosidade?! Entretanto, as suspeitas contra ele avolumavam-se. Passepartout tentou repelir a desconfiança que invadiu seus sentidos. Não queria acreditar que o patrão fosse culpado!

— Que quer de mim? — perguntou, fazendo esforço para se conter.

Fix contou o que pretendia:

— Segui Fogg até aqui, mas ainda não recebi a ordem de prisão que pedi a Londres. É preciso que me ajude a retê-lo em Hong Kong!

— Eu? Ajudá-lo a atrasar a viagem?

— Repartirei consigo a gratificação de duas mil libras que receberei do Banco da Inglaterra, mais a comissão sobre a quantia recuperada!

— Nunca! — gritou Passepartout.

Voltou a levantar-se. Mas em seguida recaiu sobre a cadeira. A razão e as forças lhe fugiam. Balbuciou:

— Senhor Fix, ainda que fosse verdade tudo quanto diz. Mesmo que meu patrão fosse ladrão que procura, o que eu nego... estou a seu serviço... já comprovei sua generosidade, sua bondade... e... não, não posso traí-lo... nunca... não, nem por todo o ouro do mundo!

— Ainda se recusa?

— Absolutamente.

— Nesse caso, vamos fazer de conta que eu não disse nada e continuar a beber — insistiu Fix.

— Está certo, vamos beber!

Passepartout foi se deixando embriagar. Fix compreendeu ser necessário separá-lo do patrão. Foi ainda mais longe. Pegou um cachimbo com ópio que estava sobre uma mesa próxima. Colocou-o nas mãos de Passepartout e o acendeu. Fez com que o rapaz experimentasse. O francês inalou a fumaça e caiu para o lado, já atordoado com o narcótico.

— Ainda bem! — alegrou-se Fix ao ver Passepartout naquele estado. — O senhor Fogg não receberá o aviso da partida do Carnatic. Se embarcar, será sem esse maldito francês.

Pagou a despesa e saiu da taberna.

20
Navio perdido

Durante a conversa entre Fix e Passepartout, Phileas Fogg passeava com Aouda pelas ruas da parte inglesa da cidade. Desde que a jovem aceitara o convite para viajar até a Europa, tornara-se necessário pensar em todos os detalhes exigidos por tão longo trajeto. Um cavalheiro como ele poderia dar a volta ao mundo com uma maleta de mão. Mas uma dama, jamais! Era preciso comprar vestidos e acessórios indispensáveis para a viagem. Calmo como sempre, Fogg a levou para as compras. Quando a viúva se surpreendia com tanta gentileza, ele respondia:

— Faço tudo isso pelo conforto da minha viagem! Já planejei tudo!

Após as compras, regressaram ao hotel. Jantaram maravilhosamente. Aouda subiu para seus aposentos, cansada, não sem antes apertar, emocionada, as mãos de seu salvador. O cavalheiro sentou-se e passou a noite lendo jornais ingleses.

Não se preocupou, acreditando que o navio só partiria ao amanhecer. Ninguém saberia dizer o que pensou o cavalheiro ao descobrir que o criado não regressara ao hotel. Contentou-se em pegar sua maleta e chamar Aouda. Tomaram uma condução. Meia hora depois, chegaram ao porto. Fogg foi informado que o navio partira na véspera!

O fleumático personagem, que esperava encontrar tanto o navio como seu criado, teve que ficar sem um nem outro. Sua expressão não revelou a menor contrariedade. Ao perceber a inquietação de Aouda, limitou-se a comentar:

— Não há por que se preocupar. Trata-se de um incidente.

Naquele instante, uma figura que o observava com insistência se aproximou. Era o detetive Fix. Depois de cumprimentar Fogg, perguntou:

— O senhor não é um dos passageiros do Rangoon, como eu?

— Sim, mas não tenho o prazer de conhecê-lo — retrucou Fogg friamente.

— Perdoe-me, mas acreditei que encontraria aqui o seu criado — continuou Fix.

— O senhor sabe onde ele está? — interrompeu a viúva.

— Como? Não veio com os senhores? — fingiu surpreender-se Fix.

— Não! Desde ontem não o vimos! Terá partido com o navio?

— Sem os senhores? — respondeu o detetive. — Perdoem minha curiosidade, mas pretendiam embarcar?

— Sim, senhor.

— Eu também, senhora. Imagine como estou contrariado. O Carnatic terminou o conserto das caldeiras e levantou ferros doze horas antes, sem avisar ninguém! Será preciso aguardar oito dias por outro navio!

Ao pronunciar as palavras "oito dias", Fix sentiu seu coração repleto de alegria. Oito dias! Fogg, detido oito dias em Hong Kong! A ordem de prisão chegaria, sem dúvida! "A sorte virou para meu lado! Não sem um empurrãozinho de minha parte!", pensou Fix.

Imagine-se sua decepção quando Phileas Fogg disse, com voz calma e fria.

— É de supor que existam outros navios no porto de Hong Kong — ofereceu o braço a Aouda e partiu para as docas, à procura de outro navio de partida para o Japão.

Fix seguiu-o, desconcertado. Era como se um fio invisível o unisse àquele homem.

E a sorte parecia ter abandonado o cavalheiro. Durante três horas, Phileas Fogg percorreu o porto, resolvido até a fretar uma embarcação que o levasse para Yokohama. Só encontrou navios carregando ou descarregando. Era impossível zarpar. As esperanças de Fix renasceram.

Sem desanimar, Fogg continuou a procurar. Estava disposto a ir até Macau, o porto mais próximo. Nesse instante, um piloto aproximou-se. Perguntou educadamente.

— Estão à procura de um barco?

— Há algum pronto para zarpar? — perguntou Fogg.

— Sim, senhor. O barco número 43. É o melhor da frota.

— Navega bem?

— Garanto! Quer vê-lo?

— Sim.

— Ficará satisfeito. Deseja dar um passeio no mar?

— Não, viajar.

— Pode me levar até Yokohama?

Surpreso, o marinheiro encarou o inglês.

— Está brincando, senhor?

— Não! Perdi o Carnatic e preciso estar dia catorze, o mais tardar, em Yokohama, para tomar o vapor que vai a San Francisco.

O outro abanou a cabeça.

— É praticamente impossível, senhor.

— Pago cem libras diárias e dou uma gratificação de mais duzentas se chegarmos a tempo.

— Está falando sério?

— Sem dúvida.

O piloto afastou-se. Observou o mar. Lutava entre o desejo de ganhar tão boa quantia e o medo de se arriscar em uma viagem mais longa. Fix tremia de tanta angústia.

Fogg virou-se na direção de Aouda. Perguntou:

— Tem medo, senhora?

Ela sorriu.

— De maneira alguma.

O piloto aproximou-se novamente.

— Está resolvido? — perguntou Fogg.

— Francamente, não sei, senhor — respondeu o piloto. — Não posso arriscar a vida de meus homens, nem a sua em travessia tão longa com um barco tão pequeno. Principalmente nesta época do ano. Também não chegaríamos a tempo, devido à velocidade do barco.

Fix respirou aliviado.

— Mas talvez haja outra solução — continuou o homem do mar.

Fix parou de respirar.

— Qual? — quis saber Fogg.

— Se fôssemos a Nagasaki na extremidade sul do Japão ou a Xangai, a viagem seria possível. No caso de Xangai, pode-se ir ao longo da costa chinesa, e as correntes marítimas nos ajudariam.

— Mas é em Yokohama que tenho de tomar o vapor. Não em Nagasaki nem em Xangai.

— O vapor para San Francisco não sai de Yokohama, senhor. Só faz escala. Assim como faz em Nagasaki. Seu porto de partida é Xangai.

— Tem certeza?

— Absoluta!

— Quando o vapor sai de Xangai?

— Dia onze, às sete horas da noite. Temos quatro dias para chegar até lá. Na velocidade que o meu barco atinge, se o mar estiver bom e o vento soprar, conseguiremos!

— Quando pode partir?

— Dentro de uma hora. Só preciso estocar mantimentos e preparar a embarcação.

— Nesse caso, está combinado. É o dono do barco?

— Às suas ordens. Meu nome é John Bunsby e, além de proprietário, sou também piloto do Tankadère.

— Deseja receber um sinal?

— Se não ficar ofendido, senhor.

Fogg estendeu-lhe duzentas libras. Em seguida, voltou-se para Fix.

— Cavalheiro, se quiser aproveitar a viagem, fique à vontade.

— Ia justamente lhe pedir esse favor — respondeu Fix ousadamente.

— Dentro de meia hora estaremos a bordo. Esteja aqui.

— Mas e o pobre rapaz... — perguntou Aouda, preocupada com Passepartout.

— Farei por ele o que for possível — prometeu Fogg.

Enquanto Fix dirigia-se para o barco, nervoso, Fogg e Aouda foram à delegacia de polícia de Hong Kong. Phileas Fogg descreveu o criado e deixou uma quantia suficiente para que fosse repatriado. Fez o mesmo no consulado francês. Em seguida, voltou ao porto.

O Tankadère era um barco de vinte toneladas, mantido em estado impecável por seu proprietário. Possuía dois mastros e velas. Parecia ser capaz de navegar maravilhosamente. De fato, já ganhara diversas competições[25].

A tripulação era composta pelo próprio Bunsby e mais quatro homens. Eram marinheiros experimentados, conhecedores daqueles mares. Com cerca de quarenta e cinco anos, olhar vivo e aparência vigorosa, Bunsby inspirava confiança até nos marinheiros mais experientes.

Phileas Fogg e Aouda subiram a bordo. Fix já estava lá. Pela escotilha da popa descia-se a um aposento quadrado, com um divã

[25] Depois da invenção das caravelas, a grande revolução na navegação foi o advento do vapor, no início do século XIX. O primeiro serviço regular de navios a vapor deu-se com o Clermont, construído por Robert Fulton. Os primeiros vapores eram naus adaptadas para usar as duas formas de energia, vapor e eólica. A propulsão dava-se por grandes rodas de pás que depois foram substituídas por hélices. Nessa época, a travessia do Atlântico podia ser feita em menos de vinte dias, enquanto o mesmo trajeto num veleiro consumiria de um mês a um mês e meio. No livro, várias vezes Júlio Verne descreve embarcações movidas a vela e a vapor.

circular. No centro, havia uma mesa. O recinto era pequeno, mas muito limpo.

— Lamento não ter condições de lhe oferecer coisa melhor — disse Fogg a Fix, que se inclinou sem responder.

O detetive estava humilhado por ter que aceitar os favores do cavalheiro. "Certamente é um tratante educado, mas continua sendo um tratante", disse para si mesmo.

Às três horas e dez minutos as velas foram içadas. A bandeira da Inglaterra ergueu-se no mastro. Os passageiros acomodaram-se. Fogg e Aouda olharam o cais pela última vez, na esperança de que Passepartout aparecesse.

Fix também observava o cais, temeroso. O rapaz poderia surgir a qualquer momento. Nesse caso, teria que dar explicações — a começar pelo golpe que lhe dera. Mas o francês não chegou.

"Possivelmente ainda está entorpecido pelos efeitos do narcótico", imaginou Fix.

Finalmente, John Bunsby levantou âncora. O vento inflou as velas, e o barco saltou sobre as ondas.

21
A TEMPESTADE

Atravessar o oceano em uma embarcação tão pequena era uma aventura arriscada, sobretudo naquela época do ano. Os mares da China são tempestuosos e expostos a terríveis furacões. Principalmente durante os primeiros dias de novembro. Para o piloto, teria sido mais vantajoso levar seus passageiros a Yokohama. A viagem era mais longa e seria pago por dia. Não o fez por prudência. Ir até Xangai já se tratava de uma temeridade. Mas o piloto tinha confiança no Tankadère, que deslizava nas ondas com a leveza de uma pluma.

— Sei que é inútil pedir que vá o mais depressa possível, pois nesta viagem seus interesses coincidem com os meus — disse Fogg ao piloto quando entraram em mar aberto.

— Não se preocupe — respondeu Bunsby. — Vou desfraldar as velas ao máximo, dependendo do vento.

— Confio no senhor. Faça como achar melhor.

Depois dessa breve troca de palavras, Phileas Fogg ficou em pé, contemplando a superfície do mar. A jovem viúva, sentada à popa, emocionou-se ao admirar as águas já escurecidas pelo crepúsculo. Sobre sua cabeça desdobravam-se as brancas velas, que singravam pelos ares como asas gigantescas. O barco parecia voar.

A noite chegou. A Lua estava em fase crescente. Sua fraca luz não tardou em desaparecer nas trevas do horizonte. As nuvens invadiam o céu.

O piloto colocou os faróis de navegação, providência indispensável naqueles mares repletos de embarcações. Eram frequentes as colisões, e com a velocidade que navegava o barco se despedaçaria ao menor choque.

Na proa, Fix meditava. Mantinha-se afastado, pois Fogg pouco falava. Também sentia-se constrangido em conversar com aquele homem de quem, embora perseguisse, aceitara um favor. Tinha quase certeza de que Fogg embarcaria imediatamente para San Francisco, para logo chegar à América. Segundo imaginava, lá poderia se esconder impunemente. O plano de Fogg lhe parecia simples. Em vez de ter embarcado diretamente da Inglaterra para os Estados Unidos, como faria qualquer delinquente menos esperto, Fogg preferira dar uma volta, para chegar ao continente americano sem deixar pistas. Mas, nos Estados Unidos, que faria ele, Fix? Abandonaria sua missão? "Não, mil vezes não!", afirmou para si mesmo. Enquanto não conseguisse a extradição daquele homem, não o perderia de vista! Ia até o fim. "Foi um golpe de sorte", refletiu. "Ao menos o criado já não está com ele. Depois de tudo que lhe contei, os dois não podem mais se encontrar!"

Phileas Fogg também não deixava de pensar em Passepartout, que desaparecera de maneira tão súbita. Concluiu que o rapaz embarcara no Carnatic no instante da partida. Também essa era a opinião de Aouda, que lamentava o sumiço do francês, a quem tanto devia. Esperavam encontrá-lo em Yokohama, e lá tudo esclarecer.

À meia-noite, Fogg e Aouda desceram ao camarote. Fix já repousava em seu beliche. Quanto ao piloto, permaneceu a noite toda no tombadilho, ao lado dos marinheiros.

Ao nascer do sol no dia seguinte, oito de novembro, o barco já percorrera uma boa distância. Se o vento continuasse bom, Bunsby chegaria a Xangai no prazo previsto. Durante todo o dia, o Tankadère não se afastou muito da costa, onde as correntes lhe eram favoráveis. O vento soprava da terra, e o mar estava menos agitado. Às duas horas o vento tornou-se mais forte.

Fogg e a jovem não enjoavam. Comeram com apetite as bolachas e conservas levadas a bordo. Fix participou da refeição ainda mais constrangido. "Não é leal viajar por conta do meu suspeito, e ainda mais comer à sua custa!", refletiu. Mesmo assim, aceitou.

Terminada a refeição, chamou Fogg para uma conversa particular:

— Sou muito grato pela sua gentileza em me trazer a bordo. Embora não tenha recursos para gastar tão generosamente quanto o senhor, quero pagar a minha parte.

— Nem vamos falar nisso, cavalheiro — respondeu Phileas Fogg.

— Insisto!

Fogg respondeu em um tom que não admitia réplica:

— Isso entra na minha verba para despesas gerais. Não toque mais no assunto, por gentileza.

Fix fez um gesto de concordância. Sentia-se mal com a situação. Acomodou-se na proa e não abriu a boca o resto do dia.

O barco avançava velozmente.

— Acredito que chegaremos a tempo em Xangai — disse o piloto.

Nunca se viu tanto empenho. A recompensa prometida estimulava os marinheiros. Fogg esperava chegar a tempo para embarcar. Assim, o pior contratempo que tivera desde a saída de Londres não representaria um atraso no cronograma.

De madrugada, o barco entrou no estreito de Fo-Kien, que separa a ilha de Formosa da costa chinesa e atravessa o trópico de Câncer. No estreito, o mar é muito agitado, repleto de redemoinhos formados por correntes contrárias. Avançava-se com dificuldade, pois vagas batiam no casco.

Ao amanhecer, o vento aumentou. O céu anunciou a tempestade. O barômetro indicou uma mudança nas condições atmosféricas. O mar agitava-se. O piloto examinou durante muito tempo o aspecto do céu e murmurou algumas palavras para si mesmo. Depois, foi até Fogg, a quem disse:

— Um vendaval está se aproximando.

— Do norte ou do sul?

— Do sul.

— Que venha um tufão do sul, pois nos levará mais rapidamente até onde vamos.

— Se é tão otimista, nada mais tenho a dizer!

A previsão de John Bunsby realizou-se. O tufão se desencadeou com violência. O piloto tomara todas as precauções. Arriou as velas. Mandou retirar as cordas da coberta. As escotilhas foram fechadas. Só içou uma vela de proa, colocou-se a favor do vento e aguardou. Pediu também a seus passageiros que descessem ao camarote. Mas em um espaço tão reduzido, quase sem ar, e com as sacudidelas do casco, o local assemelhava-se a uma prisão. Fogg, Aouda e até mesmo Fix preferiram ficar na parte de cima.

Arrastada por vagas gigantescas, a embarcação navegou durante todo o dia em direção ao norte. Vinte vezes esteve prestes a submergir diante das ondas gigantescas. Todas as vezes, evitou-se a catástrofe graças a hábeis manobras do timoneiro. Várias vezes os passageiros foram encharcados pelas ondas. Fix resmungava. A corajosa Aouda enfrentou a tormenta sem demonstrações de medo. Quanto ao cavalheiro inglês, tal era sua calma que o tufão parecia fazer parte do plano de viagem!

Até então o Tankadère mantivera-se na direção desejada. Mas à tarde o vento mudou de direção, passando a soprar do noroeste. Oferecendo a parte traseira para as ondas, a embarcação foi vigorosamente sacudida. O mar batia com violência, capaz de assustar quem desconhecesse a solidez com que são unidas as diferentes partes de um casco.

Quando a noite chegou, a tempestade ficou ainda mais forte. O piloto inquietou-se. Achava melhor se refugiarem em algum local. Após discutir o assunto com a tripulação, foi conversar com Fogg.

— Creio, senhor, que seria melhor ancorarmos em algum porto.

— Também tenho a mesma opinião — disse Fogg. — Mas só conheço um destino: Xangai.

O piloto permaneceu alguns instantes em silêncio, diante de tanta coragem. Depois, exclamou:

— Pois bem, cavalheiro! Para Xangai!

Orientada para o norte, a pequena embarcação manteve invariavelmente a direção.

Foi uma noite terrível. Quase naufragaram! Por duas vezes, só se livraram das ondas por pouco! Quase desmaiada de tanto cansaço, Aouda não abriu a boca nem para uma queixa. Mais de uma vez Fogg teve que atirar-se sobre ela, para salvá-la da violência das ondas que por pouco não a arrastavam para o mar!

Ao amanhecer, a tempestade continuava furiosa. Mas o vento virou para sudeste. Era uma mudança favorável. O Tankadère voltou a abrir caminho nas águas agitadas. Qualquer barco menos sólido teria perecido! De vez em quando avistava-se a costa por entre o nevoeiro, mas não se via um só navio. Era a única embarcação que ainda enfrentava o oceano, lutando contra a força dos elementos.

Ao meio-dia, iniciou-se a bonança. Ao entardecer, o tempo melhorou ainda mais. A tempestade durara pouco, devido a sua violência. Exaustos, os passageiros puderam comer e descansar.

A noite foi relativamente tranquila. O piloto desfraldou as velas novamente e o barco atingiu uma boa velocidade. Ao amanhecer do dia onze, Bunsby examinou a costa.

— Ainda faltam cento e sessenta quilômetros! — disse.

Era preciso chegar a Xangai naquela mesma tarde, para não perder o navio para Yokohama. Se não fosse a tempestade, o barco já estaria bem mais próximo! O piloto desfraldou as velas restantes. O mar espumava sob a quilha!

Mesmo assim, ainda faltava uma boa distância!

Todos, com exceção de Phileas Fogg, demonstravam impaciência. O vento se acalmava, diminuindo a velocidade do veleiro. Mas o barco era leve. As velas eram altas. Apesar da brisa caprichosa que mal ondulava as águas, o piloto conseguiu certa rapidez. Às seis da tarde faltavam dezesseis quilômetros. Às sete, cinco. O piloto murmurou uma praga. Estava prestes a perder a gratificação de duzentas libras. Só Fogg permanecia calmo, embora os prazos estivessem prestes a vencer. Sem falar na aposta e em toda sua fortuna.

Nesse instante, avistaram o casco negro de um grande navio, coroado por um fio de fumaça. Era o navio americano que deixara o porto na hora prevista!

— Maldição! — gritou John Bunsby, dando um golpe no leme.

— Faça sinais! — pediu tranquilamente Phileas Fogg.

Na proa do Tankadère havia um pequeno canhão de bronze utilizado para sinalização em dias de nevoeiro. Foi carregado até a boca. No instante em que o piloto ia acender a mecha, Fogg lembrou.

— Bandeira a meia haste!

A bandeira foi arriada a meio mastro, como sinal de pedido de auxílio. Era preciso que o navio americano, ao vê-la, mudasse de rumo em direção ao Tankadère.

— Fogo! — exclamou Fogg.

A carga do pequeno canhão detonou nos ares!

22
AS AVENTURAS DE PASSEPARTOUT

O Carnatic saíra de Hong Kong às seis e meia da tarde do dia sete de novembro, e dirigiu-se a todo vapor para o Japão. Ia abarrotado de carga e passageiros. Somente duas cabinas estavam desocupadas: as reservadas para Phileas Fogg.

Na manhã seguinte os tripulantes observaram, surpresos, um passageiro de passo vacilante, olhar vago e cabelo arrepiado emergir da segunda classe para sentar-se, trôpego, nas peças de mastreação. Era Passepartout.

Eis o que ocorrera: pouco depois de Fix tê-lo abandonado, dois criados da taberna deitaram o rapaz, profundamente adormecido, no leito reservado aos fumantes de ópio. Três horas depois,

Passepartout, perseguido até em pesadelos pelo seu dever para com o patrão, acordou. Tentou lutar contra o efeito entorpecente do narcótico. A sensação de que não cumprira sua obrigação o sacudiu do torpor. Saltou da cama. Caiu. Levantou-se. Saiu apoiando-se nas paredes. Deixou o local e, impelido pelo instinto, gritou como em sonhos:

— O Carnatic! O Carnatic!

O navio já estava prestes a partir. Passepartout não tinha que dar mais que alguns passos. Atirou-se sobre a passarela, atravessou a amurada e caiu, desmaiado, na proa no momento em que o vapor soltava as amarras.

Habituados a tais cenas, alguns marinheiros levaram o rapaz até um beliche da segunda classe. Só acordou na manhã seguinte, já perto da China. No convés, respirou profundamente. Coordenou as ideias com dificuldade. Finalmente, lembrou-se de toda a conversa com o detetive, e o que acontecera. "Fiquei embriagado! Mas foi uma armadilha! Que dirá o senhor Fogg?" E concluiu: "De qualquer maneira, o mais importante é que não perdi o navio!".

Lembrou-se de Fix. "Espero que a gente fique livre desse tipo de uma vez. E que não tenha se atrevido a vir a bordo depois de ter me contado tudo! Um detetive seguindo meu patrão, para acusá-lo de um roubo ao Banco da Inglaterra? É demais! O senhor Fogg é tão ladrão quanto eu sou um assassino!"

Refletiu: deveria dizer tudo ao cavalheiro? Falar a verdade sobre Fix? Ou esperar até a volta a Londres, para contar que um detetive inglês o havia seguido na volta ao mundo. Quando então ririam de tudo aquilo? "É melhor resolver depois. Agora tenho que falar com o senhor Fogg e apresentar minhas desculpas pelo meu inqualificável comportamento!" Passepartout levantou-se. O mar estava agitado e o navio balançava. Equilibrando-se com dificuldade, o rapaz chegou à popa. Não viu ninguém que se parecesse com Fogg ou Aouda. "Bem, a moça ainda deve estar deitada. Quanto ao senhor Fogg, já deve estar jogando cartas, como de hábito!"

Falando consigo mesmo, Passepartout desceu ao salão, onde havia mesas para carteado. Observou os jogadores. Seu patrão não se encontrava entre eles. Perguntou ao responsável pelos camarotes qual era o do senhor Fogg. Este estranhou, respondendo:

— Não embarcou nenhum passageiro com esse nome!

Passepartout insistiu. Descreveu Fogg:

— É um inglês alto, de expressão fria, pouco comunicativo, acompanhado de uma jovem hindu.

O outro também não conhecia a moça.

— Para não haver dúvidas, consultarei a lista de passageiros.

Passepartout concordou. Horrorizado, descobriu: o nome de seu patrão, de fato, não constava! Quase desmaiou. Perguntou, em dúvida.

— Este navio é o Carnatic e vai para Yokohama?

— Exatamente! — declarou o outro, com a lista na mão.

— Por que meu patrão não está a bordo? — espantou-se.

A conclusão óbvia o atingiu como um raio. Era sua culpa! O pobre rapaz caiu sentado numa poltrona. Lembrou-se que a hora da partida fora antecipada, que devia ter avisado o cavalheiro. E não o fizera!

— Mas a culpa não é só minha! Também é do detetive traidor! Fez com que eu me embriagasse, para reter o senhor Fogg em Hong Kong! Caí numa armadilha! Por minha culpa, meu patrão vai perder a aposta. Está arruinado, talvez preso!

Passepartout puxou os cabelos.

— Se algum dia esse detetive cair nas minhas mãos, acerto as contas com ele!

Após alguns instantes, recuperou o sangue-frio. Sua situação era difícil. Estava indo para o Japão. Tinha os bolsos vazios.

Não lhe restava nem uma moeda. Mas sua passagem e as refeições a bordo estavam pagas. Dispunha de cinco ou seis dias para decidir o que fazer. Comeu e bebeu tudo o que pôde durante a travessia. Encheu a barriga por seu patrão, por Aouda e por si mesmo. Como se o Japão, onde desembarcaria, fosse um deserto desprovido de qualquer alimento.

No dia treze, ao amanhecer, o Carnatic entrou no porto de Yokohama.

Esse porto é uma importante escala no Pacífico, por onde passam todos os navios que efetuam serviços de transportes e correio entre a América do Norte, a China, o Japão e as ilhas da Malásia[26]. Está situado na baía de Yeddo,[27] não muito distante dessa grande cidade.

O vapor atracou entre vários navios de nacionalidades diferentes, ancorados no cais do porto, próximos aos armazéns da alfândega. Passepartout desembarcou sem entusiasmo. Não tinha meios para regressar. Só lhe

[26] Yokohama foi o primeiro porto aberto ao comércio do Japão com o Ocidente, em meados do século XIX. Ainda é um importante porto de ligação entre a América do Norte e o extremo Oriente.

[27] Yeddo e Edo são nomes antigos da capital do Japão, que hoje se chama Tóquio.

restava uma saída: deixar-se conduzir pelo acaso. Aventurou-se pelas ruas.

A princípio viu-se numa cidade totalmente europeia, com casas avarandadas. Ali, como em Hong Kong e Calcutá, fervilhava uma miscelânea de várias nacionalidades — americanos, ingleses, chineses, holandeses —, comerciantes dispostos a comprar e vender qualquer coisa. O francês sentiu-se tão estrangeiro como se tivesse sido atirado em terras selvagens.

Havia um recurso: pedir ajuda aos representantes consulares da França ou da Inglaterra. Mas não apreciava a ideia de lhes contar suas trapalhadas. Antes de dar esse passo, preferia esgotar outras possibilidades.

Assim, após percorrer a parte europeia da cidade sem que o acaso lhe mostrasse uma alternativa, entrou na parte japonesa propriamente dita. Estava disposto a ir até Yeddo, se fosse necessário.

Essa parte de Yokohama é chamada de Benten, em homenagem a uma deusa do mar adorada em ilhas vizinhas. Ali se viam admiráveis alamedas de pinheiros e cedros, pórticos sagrados de pagodes, pontes ocultas entre bambus, templos cercados por cedros seculares, monastérios onde viviam monges budistas. As ruas eram intermináveis, repletas de gente de quimono e de crianças de bochechas vermelhas, que se divertiam com cãezinhos de pernas curtas e gatos amarelados sem rabo.

Era uma efervescência total. Bonzos[28] passavam em procissão, batendo em tamborins com um som monótono. Funcionários da alfândega ou da polícia, com chapéus pontudos e dois sabres na cintura, soldados vestidos com túnicas azuis de algodão listradas de branco, guerreiros com casacões de seda rústica e cotas de malha, e muitos outros militares. Havia também frades pedindo esmolas, peregrino com túnicas longas, civis de cabeleira lisa, totalmente negra, com a pele de tonalidades que variavam do branco fosco ao cobre mais escuro. Meios de transporte não faltavam: palanquins, cavalos, carrinhos a vela, liteiras. Circulavam também com passo miúdo algumas mulheres, de olhos amendoados e dentes escuros, como era moda, envergando quimonos com elegância.

[28] Bonzo é uma forma arcaica de designar o membro de alguma ordem religiosa.

Passepartout caminhou algumas horas entre a multidão variada, apreciando com curiosidade os estabelecimentos comerciais. Havia joalherias com belíssimas peças de estilo japonês, casas de chá onde se oferecia a bebida perfumada, restaurantes enfeitados com bandeiras e flâmulas nos quais não tinha condição financeira para entrar.

Logo em seguida, Passepartout chegou ao campo, repleto de arrozais. Havia também camélias deslumbrantes, cercas de bambu, cerejeiras, ameixeiras e macieiras, defendidas do bico de pardais, pombos, corvos e outros pássaros vorazes por espantalhos de expressão feroz. Águias abrigavam-se nas árvores mais altas, garças-reais empoleiravam-se nos galhos sobre uma só pata. A sua volta, avistou gralhas, patos, gaviões e gansos selvagens. Avistou também inúmeros grous, aves que os japoneses consideram o símbolo da vida longa e da felicidade[29].

[29] Por ser uma ave migratória, que sempre volta para o mesmo lugar conforme a época do ano, o grou simboliza o eterno renascer e a longevidade. Sadako Sasaki, uma menina de doze anos que ficou doente devido aos efeitos da bomba de Hiroshima, começou a fazer muitas dobraduras de papel, representando grous. Ouvira falar que, ao dobrar o milésimo grou, um desejo seria realizado. Seu desejo era ficar saudável para voltar a praticar esportes. Sadako faleceu antes de completar os mil grous, mas a sua história comoveu o Japão. Desde então, todo dia 6 de agosto são depositados milhares de dobraduras em forma de grou em seu túmulo, simbolizando o desejo do povo japonês pela paz.

Logo avistou algumas violetas na relva.

— Aqui está o meu jantar! — exclamou, decidido a comê-las.

Ao cheirar as flores, não sentiu perfume algum. Desconfiou que não eram comestíveis, como as violetas que conhecia, cujas pétalas, na França, são servidas em forma de confeitos açucarados. Com essas não podia se arriscar. E se fossem venenosas? "Que falta de sorte!", pensou.

Para se prevenir, antes de desembarcar havia tomado um soberbo café da manhã. Após caminhar o dia todo, porém, sentia um grande vazio no estômago. Notara que nos açougues quase não havia carneiros, cabras e porcos. Muito menos bois, destinados exclusivamente à agricultura. "A carne vermelha é rara por aqui", pensou.

Estava disposto a recorrer a outras possibilidades. Teria se contentado com codornas, frango ou peixe com arroz, como era hábito entre os japoneses. Mas e dinheiro? Não tinha o que comer. Resignado, resolveu deixar o problema para o dia seguinte.

Anoiteceu. Passepartout voltou à cidade oriental. Caminhou a esmo pelas ruas, admirando as lanternas coloridas, os grupos de malabaristas e os astrólogos que distraíam a multidão mostrando as estrelas com suas lunetas. Voltou para o cais e observou os pescadores, que atraíam os peixes com luzes refletidas nas águas.

As ruas se esvaziaram. As pessoas foram substituídas por policiais em ronda. Os oficiais vestiam-se tão luxuosamente, que pareciam embaixadores seguidos por seus séquitos. Cada vez que cruzava com uma dessas patrulhas, Passepartout brincava consigo mesmo:

— É incrível! Mais um embaixador japonês de partida para a Europa!

23
QUANDO CRESCE UM NARIZ

Exausto e faminto, no dia seguinte Passepartout decidiu comer a qualquer preço. Quanto antes, melhor! Poderia vender o relógio. Mas nem queria pensar nessa solução. Preferia morrer de fome! Resolveu usar a voz forte, e até melodiosa, com que nascera. Conhecia algumas canções francesas e inglesas. Resolveu tentar ganhar algum dinheiro com elas. "Certamente, os japoneses devem gostar de música", pensou. "Aqui tudo se faz ao som de sinos e tambores. Vão saber apreciar um talento europeu!"

Era de manhã. "Talvez seja muito cedo para me apresentar. É possível que não me deem nem uma moeda!", refletiu. "É melhor esperar algumas horas!" Pouco depois, achou que estava bem-vestido demais para um artista de rua. Resolveu substituir seus trajes por outros, mais de acordo com sua precária situação.

Na troca, poderia conseguir uma diferença suficiente para comer alguma coisa.

Tomou a decisão e partiu para executá-la. Procurou bastante até descobrir um comerciante local de roupas usadas. Expôs o que pretendia. O dono da loja gostou de seus trajes europeus. Pouco depois, Passepartout deixou o estabelecimento com um velho quimono japonês. Na cabeça levava uma espécie de turbante com gomos, desbotados de tanto uso. Além disso, algumas moedinhas de prata tilintavam em seu bolso. "Bem, faz de conta que estamos nos carnaval!", pensou ele.

Com tal aparência nipônica entrou em uma casa de chá bastante modesta. Não sabia falar japonês. Mas conseguiu se fazer entender até receber uns pedaços de frango e punhados de arroz. Devorou tudo, com apetite de quem no jantar terá que satisfazer novamente o estômago vazio.

"Agora é que não posso perder a cabeça", pensou, depois de satisfeito. "Não posso vender essa roupa em troca de outra pior, porque este traje já está em péssimas condições. Preciso abandonar tão depressa quanto possível este país do Sol Nascente, do qual conservarei a mais lamentável recordação."

Resolveu verificar os navios de partida para a América. Poderia oferecer-se como cozinheiro ou criado, em troca de passagem e refeições. Em San Francisco, resolveria sua situação. Nem que fosse por falar a língua local. O importante agora era atravessar os sete mil, quinhentos e sessenta e sete quilômetros de oceano Pacífico que separam o Japão do Novo Mundo.

Voltou ao porto de Yokohama. À medida que se aproximava das docas, porém, seu projeto, que lhe parecera tão simples alguns minutos atrás, parecia impraticável. Por que iriam contratar um cozinheiro ou um criado em um navio americano? A tripulação já devia estar completa. Ficou em dúvida: "Que confiança hei de inspirar, vestido desse jeito? Ainda mais sem referências!".

Enquanto refletia, seus olhos se detiveram em um imenso cartaz que uma espécie de palhaço carregava pelas ruas de Yokohama. Trazia os seguintes dizeres, em inglês:

COMPANHIA ACROBÁTICA JAPONESA
DO HONORÁVEL WILLIAM BATULCAR

ÚLTIMAS APRESENTAÇÕES
Antes da partida para os Estados Unidos da América
DOS NARIGUDOS! NARIGUDOS!
SOB A INVOCAÇÃO DIRETA DO DEUS TINGOU
Grande Atração!

— Mas é o que mais desejo! Ir para os Estados Unidos! — exclamou Passepartout.

Foi atrás do homem-sanduíche. Pouco depois entrava em uma vila japonesa. Um quarto de hora mais tarde encontrava-se diante de uma grande barraca de lona, enfeitada com bandeirolas e com o tecido que fazia as vezes de paredes ornamentado com cenas circenses de cores carregadas.

Era a casa de espetáculos do honorável Batulcar, diretor de uma companhia de saltimbancos, palhaços, acrobatas, equilibristas, ginastas que, segundo o cartaz, faziam suas últimas apresentações antes de deixar o Império do Sol Nascente e partir para os Estados Unidos.

Passepartout perguntou pelo senhor Batulcar, que veio imediatamente. Devido ao traje, imaginou que o rapaz fosse japonês.

— Que deseja? — perguntou.

— Vim saber se precisa de um criado!

— Já tenho dois! — respondeu Batulcar. — São obedientes e fiéis. Melhor ainda, trabalham só em troca de comida!

Para exemplificar o que dizia, mostrou seus braços robustos.

— Estes são meus criados! O direito e o esquerdo!

Mas acabaram se acertando. Passepartout foi empregado como palhaço.

— Terá que cantar de cabeça para baixo, com um pião girando na ponta do pé esquerdo e uma espada equilibrada no direito — explicou o dono da companhia.

— Não há o menor problema. Posso fazer isso e muito mais! — garantiu o rapaz, com convicção!

O importante é que encontrara trabalho! Melhor ainda: em oito dias estaria a caminho de San Francisco!

O espetáculo, anunciado aos quatro ventos, deveria começar às três da tarde. Passepartout não sabia bem seu papel. Para seu susto, logo descobriu sua verdadeira missão! Ser um dos apoios de uma pirâmide humana, executada por um grupo de narigudos em homenagem ao deus Tingou. Tal atração coroaria a última apresentação do grupo circense.

Antes das três da tarde, os espectadores já lotavam o circo. Europeus, japoneses, indianos, chineses, homens, mulheres, crianças apinhavam-se na plateia. Os músicos que antes estavam na porta anunciando o espetáculo entraram no recinto. Gongos, tantãs, flautas, tambores e trombetas voltaram a tocar estrondosamente.

A apresentação ocorreu como é de hábito em números circenses. É preciso frisar que os japoneses estão entre os melhores acrobatas do mundo. Um deles, com leque e pedacinhos de papel, executou um lindo número de borboletas e flores. Outro desenhou no ar uma série de palavras cumprimentando o público, usando para isso somente a azulada fumaça de seu cachimbo! Outro manipulava velas acesas, que apagava ao passá-las diante dos lábios, voltando a acender umas nas outras, sem parar um só instante! Seguiram-se outros artistas. Um deles se apresentava com piões. Rodava um, em seguida o outro, e outro... nas mais fantásticas combinações. Na sua mão, pareciam até ter vida própria! Giravam sobre hastes de cachimbo, fios de espada, arames estendidos de um lado a outro do palco! Davam a volta sobre grandes vasos de cristal. Subiam escadas de bambu, dispersavam-se em todos os sentidos, produzindo efeitos curiosos. Os malabaristas jogavam piões para o alto, fazendo com que girassem em pleno ar! Em seguida, uma mola oculta em seu interior os abria, explodindo em feixes de fogos de artifício.

Seria impossível descrever os prodígios realizados pelos acrobatas e atletas da companhia. Apresentações com escada, vara, bola, barril foram realizadas com notável precisão. Mas a atração principal era a exibição dos tais narigudos, equilibristas maravilhosos, ainda desconhecidos na Europa!

Os narigudos pertenciam a um grupo especial criado sob a invocação do deus Tingou. Vestidos como heróis da Idade Média, cada um ostentava um magnífico par de asas. Mas o que os distinguia eram os enormes narizes colocados no rosto, e o uso que deles faziam. Tais narizes eram de fato bambus de um metro e meio a três de comprimento. Uns retos, outros curvos, alguns lisos, outros cobertos de verrugas. Era sobre esses narizes bem afixados que realizavam seus números de equilibrismo! Uma dúzia deitou-se de costas e seus companheiros lançaram-se sobre seus narizes, retos como para-raios. Saltitaram de uns para os outros, executando as mais assombrosas piruetas e contorções.

O último número, anunciado com grande barulho, era justamente a pirâmide humana. Em vez de formarem a tal pirâmide utilizando os ombros como ponto de apoio, os artistas deveriam se sustentar usando seus narizes! Um dos que formavam a base tinha justamente abandonado a companhia. Para substituí-lo, bastava ser vigoroso e ágil. Devido à pressa, Batulcar escolhera Passepartout confiando em sua aparência robusta.

O pobre rapaz lastimou sua sorte quando enfiou o traje medieval adornado por asas coloridas, e lhe aplicaram um nariz de dois metros de comprimento sobre o rosto. Mas, enfim, aquele nariz representava sua sobrevivência. Conformou-se.

Entrou em cena. Colocou-se entre seus companheiros, para formar a base. Todos se estenderam no chão, com o nariz erguido. Um segundo grupo colocou-se sobre aqueles apêndices. Um terceiro subiu sobre o segundo. Depois um quarto, e assim por diante. Ergueu-se um monumento humano até o teto, que ficava bem alto!

Os aplausos foram intensos. A orquestra tocava ampliando o som produzido pelo público. Era a glória! Mas subitamente a pirâmide oscilou. Um dos narizes da base havia falhado e os equilibristas despencaram no chão!

A culpa era de Passepartout. Voara de seu lugar no palco até uma das cadeiras de luxo, que ficavam no alto, à direita, e ofereciam uma visão privilegiada do espetáculo. Caiu diante de um espectador, exclamando:

— Senhor! Senhor!

Era Fogg com Aouda. O inglês admirou-se:

— Você aqui?

— Eu! Sim, senhor!

— Nesse caso, vamos imediatamente para o navio! Ao navio!

Fogg, Aouda e Passepartout precipitaram-se para os corredores. Na porta do teatro encontraram Batulcar, que, furioso, exigia uma indenização pela catástrofe. Phileas Fogg acalmou-o, atirando-lhe um punhado de notas.

Às seis e meia, exatamente na hora da partida, Fogg e Aouda embarcaram no navio com destino aos Estados Unidos. Seguidos por Passepartout, cuja aparência era incrível! Ainda com asas nas costas e o nariz gigantesco que não tivera tempo de arrancar do rosto!

24
CRUZANDO O PACÍFICO

É fácil compreender o que acontecera.

Os sinais feitos pelo Tankadère foram avistados pelo navio com destino a San Francisco, que já deixara o porto de Xangai e seguia para Nagasaki e Yokohama. Ao ver a bandeira a meio mastro, o capitão dirigiu-se à pequena embarcação. Momentos depois, Fogg enfiou quinhentas e cinquenta libras nos bolsos de John Bunsby. A seguir, o cavalheiro inglês, Aouda e Fix subiram a bordo do vapor, que imediatamente retomou a viagem.

No dia catorze de novembro, já na escala em Yokohama, sempre acompanhado pela jovem, Phileas Fogg foi até o Carnatic, ainda ancorado no porto. Para grande alegria de Aouda, e talvez também para a sua, embora nada deixasse transparecer, soube que o francês chegara na véspera.

Embora planejasse partir para San Francisco na mesma tarde, Fogg começou a procurar o criado. Sem obter resultado, passou pelos consulados inglês e francês. Após percorrer as ruas em vão, quase sem esperanças de encontrar Passepartout, a sorte, ou talvez intuição, o fez entrar no teatro do honorável Batulcar. Não reconheceu o seu criado trajado com a roupa tão espalhafatosa do espetáculo, e ainda mais com um narigão afixado no rosto. Mesmo na posição em que se encontrava, entretanto, Passepartout avistou o patrão. Ao vê-lo, não se conteve. Moveu o nariz e provocou o desmoronamento de toda a pirâmide humana, que caiu como um castelo de cartas.

Passepartout ficou a par dos detalhes da viagem por meio de Aouda. Também descobriu que seu patrão e a jovem haviam saído de Hong Kong em companhia de Fix. Ao ouvir tal nome, o rapaz nem piscou. Achou melhor ainda não contar ao patrão o que ocorrera entre ele e o detetive. Preferiu assumir toda a responsabilidade pelo desencontro, acusando-se de ter bebido em excesso.

Fogg ouviu o relato com a frieza habitual. Depois, forneceu fundos para que comprasse um traje mais adequado a bordo. Em menos de uma hora, o rapaz arrancara o nariz e as asas postiças, e em mais nada se assemelhava aos equilibristas do número circense.

O vapor que fazia a travessia entre Yokohama e San Francisco chamava-se General Grant. Era um grande navio que possuía também mastros e velas, que ajudavam o motor a vapor. Tal era sua velocidade que, segundo o previsto, concluiria a viagem até San Francisco em vinte e um dias. De acordo com seus planos, Fogg estaria dia dois de dezembro na cidade da Califórnia, e onze em Nova York. Finalmente, dia vinte, em Londres. Chegaria algumas horas antes da data prevista para o término da aposta, em vinte e um de dezembro.

Havia um grande número de passageiros. Ingleses, americanos e chineses, os últimos emigrando para a América. Um certo número de oficiais da Índia aproveitava sua licença para dar a volta ao mundo.

Durante a viagem não houve nenhum incidente. O navio pouco balançava. O oceano Pacífico justificou o seu nome, tão calmas eram suas águas. Fogg continuou com sua atitude fleumática e pouco comunicativa. Sua linda companheira sentia-se cada vez mais interessada naquele homem, por laços que iam muito além da gratidão. Inquietava-se pelos problemas que poderiam acontecer, comprometendo o êxito da viagem. Conversava frequentemente com Passepartout. Elogiava a honestidade, generosidade e dedicação de Phileas Fogg. Por outro lado, o francês a tranquilizava sobre a viagem.

— A pior etapa já está vencida! — garantia.

Segundo seus cálculos, bastaria pegar um trem de San Francisco para Nova York. Em seguida, um transatlântico de volta a Londres. A viagem terminaria no prazo marcado. Ou seja, em oitenta dias!

Nove dias após ter deixado Yokohama, Fogg percorrera metade do globo terrestre. Dos oitenta dias previstos, já gastara cinquenta e dois. Restavam apenas vinte e oito! Devido aos caprichosos meios de transporte, Phileas Fogg seria obrigado a no total percorrer cinquenta mil quilômetros. Se pudesse seguir diretamente o paralelo cinquenta, que é o de Londres, a distância a percorrer não teria sido mais do que vinte e três mil quilômetros[30]. Mas de agora em diante o caminho seria direto.

Naquele dia, vinte e três de novembro, Passepartout teve uma alegria. O teimoso fize-

---

[30] Meridianos e paralelos (ver nota 12) são linhas imaginárias que cortam o planeta Terra a partir do Equador (no caso dos paralelos) e a partir de Greenwich (no caso dos meridianos). De fato, a circunferência da Terra, na altura do paralelo 50, é de apenas 23.000 km. Como não existiam aviões naquela época, a distância a ser percorrida por terra era evidentemente maior. Por isso, nesse trecho da viagem, Fogg ainda estava na metade do caminho em relação aos meridianos, mas, como à sua frente havia apenas o oceano Pacífico até a América do Norte, o tempo necessário para completar a viagem era de um terço do tempo total.

ra questão de não acertar seu amado relógio de família. Considerava erradas todas as horas dos países por que passava!

Ora, apesar de não ter atrasado ou adiantado seu relógio, descobriu que este se encontrava na hora exata do cronômetro de bordo. Chegou a lamentar que Fix não estivesse presente, para cantar vitória. O detetive o aconselhara, várias vezes, a acertar seu relógio de acordo com o fuso horário. Agora, Passepartout se considerava vitorioso!

Ignorava que, se o mostrador de seu relógio estivesse dividido em vinte e quatro horas e não em doze, não teria motivos para se envaidecer. Os ponteiros de seu relógio teriam indicado nove horas da noite quando fossem nove da manhã a bordo. Ou seja, exatamente a diferença de fuso horário existente entre Londres e o meridiano 180°.

Se Fix fosse capaz de explicar esse fenômeno, Passepartout teria sido capaz de admiti-lo. Mais ainda: se naquele momento o detetive surgisse a bordo, o francês teria preferido discutir um assunto muito diferente.

Mas onde se encontrava Fix?

Sem que soubessem, Fix viajava no mesmo navio!

Ao desembarcar em Yokohama, depois de deixar Fogg, dirigiu-se imediatamente ao consulado inglês. Ali encontrou finalmente a ordem de prisão de Phileas Fogg, com data de quarenta dias antes. Ela o seguira desde Bombaim, e lhe fora enviada de Hong Kong pelo Carnatic, a bordo do qual supunham estar Fix. Ou seja, se não tivesse trapaceado com Passepartout, o detetive teria posto as mãos na ordem de prisão a tempo de deter Fogg em território dominado pela Inglaterra.

Mas imagine-se sua decepção agora! A ordem já não tinha a menor utilidade!

Fogg deixara as colônias inglesas! Para prendê-lo, seria necessária uma ordem de extradição, muito mais difícil de conseguir.

Passado o primeiro momento de fúria, Fix resolveu seguir em frente. "Aqui meu mandado não vale mais", disse para si mesmo, "mas na Inglaterra vale. O patife está com jeito de estar voltando para Londres, certo de que despistou a polícia. Vou segui-lo. Só espero que depois de tantos gastos dispendiosos sobre alguma coisa do dinheiro roubado, para que eu tenha minha recompensa!"

Decidido, Fix voltou a embarcar no General Grant. Estava a bordo quando Fogg e Aouda chegaram. Para sua surpresa, reconheceu Passepartout, apesar das asas e do narigão postiços. Tratou de esconder-se em seu camarote, para evitar um enfrentamento capaz de comprometer seus objetivos. Devido ao grande número de passageiros, esperava não encontrá-lo nem mesmo durante a viagem.

Mas foi impossível. Fix deu de cara com Passepartout na proa do navio.

O francês se atirou sobre ele sem dar explicação alguma. Iniciou-se uma luta de boxe entre ambos. Para alegria de alguns americanos que imediatamente apostaram no criado, ele deu uma surra no detetive.

Ao final, Passepartout sentiu uma espécie de alívio. Fix levantou-se, bastante avariado. Encarou o francês e lhe disse com voz gélida:

— Acabou?

— Por enquanto.

— Então venha conversar.

— Por que motivo eu iria?

— É do interesse de seu patrão.

Curioso ao perceber tanta calma em Fix, Passepartout seguiu o inspetor de polícia. Sentaram-se na proa do vapor.

— Que sova me deu! — lamentou-se Fix. — Mas agora me escute. Até aqui fui adversário do senhor Fogg. Agora estou do seu lado.

— Como assim? O senhor se convenceu de que ele é um homem honesto?

— Não — retrucou Fix com frieza. — Ainda acredito que é um patife. Calma! Deixe-me falar, depois resolverá o que fazer. Ouça. Enquanto o senhor Fogg estava nas possessões inglesas, meu interesse era retê-lo, para ver se chegava o mandado de prisão. Fiz o que pude. Aticei os sacerdotes de Bombaim contra vocês dois. Fiz com que você bebesse demais em Hong Kong. Consegui que ele perdesse o navio para Yokohama. Mas nada deu certo.

Passepartout escutava, controlando-se com dificuldade.

— Percebi que o senhor Fogg parece estar voltando para a Inglaterra — continuou Fix. — Vou segui-lo. Mas agora vou me dedicar a afastar os obstáculos de seu caminho, ao contrário do que fazia antes. Veja bem: meu jogo mudou. Meu desejo é que ele volte para Londres. Entenda que meu interesse tornou-se igual ao seu. Quanto a você, somente na Inglaterra ficará sabendo se está trabalhando para um criminoso ou para um honesto cavalheiro!

Passepartout ouvira Fix com atenção. Convenceu-se de que o detetive dizia a verdade.

— Amigos? — perguntou Fix.

— Amigos de jeito nenhum! — afirmou Passepartout. — Aliados, enquanto nos interessar. Mas, ao primeiro sinal de traição, torço seu pescoço!

— Combinado — respondeu o detetive, com voz calma.

Onze dias depois, em três de dezembro, o General Grant entrou na baía de Golden Gate e atracou em San Francisco.

Fogg ainda continuava dentro de seu cronograma. Não ganhara nem perdera um dia sequer!

25
MANIFESTAÇÃO EM SAN FRANCISCO

Era sete horas da manhã quando Phileas Fogg, Aouda e Passepartout pisaram o continente americano, se assim se pudesse chamar o cais flutuante onde desembarcaram. Esses cais sobem e descem com as marés, facilitando a carga e descarga dos navios. Veleiros e vapores de todas as nacionalidades, alguns de grandes dimensões, com vários andares, atracavam no porto de San Francisco.

Felicíssimo por voltar a pôr os pés em terra firme, Passepartout quis desembarcar dando um belo salto mortal. Mas, ao aterrissar no cais flutuante, arrebentou as tábuas, que estavam podres. Quase o atravessou e caiu na água! Lançou uma imprecação, que fez um bando de alcatrazes e pelicanos, hóspedes habituais do local, levantarem voo, batendo as asas apressadamente.

Fogg foi mais prático: informou-se sobre o horário de saída do primeiro trem para Nova York. Partia às seis da tarde. Assim, teria o dia inteiro para visitar a cidade da Califórnia. Chamou uma carruagem para ele e Aouda. Passepartout instalou-se na boleia. Por três dólares, foram levados ao International Hotel.

Do lugar elevado que ocupava, Passepartout observava a cidade com curiosidade. As ruas eram largas, as casas eram baixas e bem alinhadas, as igrejas imitavam o estilo gótico[31], não faltavam construções de madeira e de alvenaria. Também havia veículos de todos os tipos: bondes, carruagens, carroças. Nas calçadas, não só americanos e europeus, mas também indígenas e chineses.

O francês espantava-se. Esperava encontrar a cidade da época da corrida do ouro, em 1849[32], famosa pelo grande número de bandidos de toda espécie. Foi grande o número de homens que lá chegaram em busca de fortuna,

---

[31] O estilo gótico predominou na Europa entre os séculos XII e XV. As abóbadas e os arcos das catedrais góticas têm a forma de ogiva. As torres sineiras são sempre em forma de pirâmide alongada, apontando para o céu.

[32] A corrida do ouro na Califórnia foi um episódio de migração em massa. Para se ter uma ideia, em janeiro de 1848, quando foram encontradas as primeiras pepitas nas montanhas do norte da Califórnia, a cidade de San Francisco contava com 1.000 habitantes. Em 1850, quando a notícia da descoberta já se havia espalhado, a mesma cidade contava com 25.000 habitantes!

quando tudo se resolvia à base de balas. Mas tudo isso era passado. San Francisco transformara-se em grande cidade comercial. A alta torre do prédio da Câmara dominava o conjunto de ruas e avenidas repletas de praças com jardins frondosos. Até descobriu a existência de um bairro chinês! Em toda a cidade notava-se uma atividade intensa.

Quando chegaram ao hotel, Passepartout tinha a impressão de não ter saído da Inglaterra.

O saguão do hotel era ocupado por um bar que também oferecia um bufê para refeições rápidas. Qualquer um podia se servir. Havia sopa de ostras, rosbife, bolachas e queijos. Só se cobravam as bebidas. Para Passepartout, o bufê pareceu muito "americano". Fogg e Aouda instalaram-se no restaurante, onde foram abundantemente servidos.

Após a refeição, Fogg, acompanhado por Aouda, deixou o hotel para ir até o consulado inglês vistar seu passaporte. No caminho deparou-se com seu criado, que lhe perguntou:

— Antes de embarcarmos no trem, não seria melhor comprar uma dúzia de carabinas? Ouvi falar de ataques indígenas, Sioux e Pawnies.

— É uma precaução inútil, mas aja como melhor lhe convier — respondeu o cavalheiro.

Em seguida dirigiu-se ao consulado.

Não havia dado mais de duzentos passos quando, por um triste acaso, se encontrou com Fix. O detetive mostrou-se tremendamente surpreso. Como? Ele e Fogg haviam atravessado o oceano Pacífico no mesmo navio e não se encontraram a bordo!

— É uma honra encontrá-lo! — declarou Fix. — Eu lhe devo tanto! Ficarei encantado em prosseguir viagem em tão agradável companhia!

— A honra será nossa! — respondeu Fogg.

Fix não pretendia perdê-lo de vista um instante sequer.

— Permite que os acompanhe na visita à cidade? — propôs.

Fogg concordou.

Assim, Fogg, Aouda e Fix caminharam pelas ruas a seu bel-prazer. Logo estavam na rua Montgomery, onde havia uma enorme aglomeração. Nas calçadas, sarjetas, portas de estabelecimentos, janelas e até nos telhados havia uma multidão. Homens com cartazes circulavam. Bandeiras e flâmulas flutuavam ao vento. A gritaria era geral:

— Viva Kamerfield! — gritavam uns.

— Viva Mandiboy — gritavam outros, ainda mais alto.

Era uma manifestação! Foi o que Fix logo imaginou. Aconselhou Fogg a se afastar dali rapidamente. Na confusão, podiam até levar uns socos! Os três conseguiram refugiar-se no patamar superior de uma escada. Do lado oposto, em frente, estava armado um palanque.

Qual seria o motivo da manifestação? Ou seria um comício eleitoral, talvez de um governador ou de membros do Congresso?

O movimento das cabeças parecia o de um mar varrido pela ventania. As mãos agitavam-se no ar. Os vivas e xingamentos aumentaram. Os dois grupos, carregando bandeiras opostas, começavam a se enfrentar. As hastes das bandeiras transformaram-se em armas. Já não eram mãos que se agitavam no ar, mas punhos fechados. Do alto dos veículos parados atiravam-se objetos. Botas e sapatos voavam pelo ar. Até ouviram-se tiros! Sem dúvida, um dos partidos fora derrotado, não se sabia se o de Mandiboy ou o de Kamerfield.

Fix preocupou-se. Não queria que seu suspeito fosse maltratado e houvesse algum atraso na viagem.

— Vamos sair daqui! — insistiu.

Mas era tarde para escapar. Ao tentarem fazê-lo, ficaram entre dois fogos. Uma torrente de homens armados de bengalas e bastões lutava entre si. Phileas Fogg e Fix, tentando proteger a jovem, terminaram sendo atacados. Sempre fleumático, o cavalheiro defendia-se com os punhos. Um homem de barba ruiva, rosto vermelho e ombros largos, que parecia ser um dos líderes, ia dar um soco em Fogg. Fix tentou defendê-lo e levou o golpe em seu lugar. Seu chapéu amassou-se. Um galo surgiu em sua cabeça, enquanto ele se estatelava no chão.

— Ianque! — disse Fogg, encarando seu adversário com desprezo.

— Inglês! — retrucou o outro.

— Quando tornaremos a nos encontrar?

— Quando quiser. O seu nome?

— Phileas Fogg. E o seu?

— Coronel Stamp Proctor.

A vaga humana passou. Fix levantou-se com a roupa rasgada, mas sem ferimentos graves. Aouda permanecia incólume. Fogg agradeceu a Fix. Este lhe pediu para acompanhá-lo a uma loja para comprar roupas novas, pois as suas estavam em estado lamentável. As de Fogg também ficaram em pedaços. Quem os visse, diria que tinham lutado entre si!

Uma hora depois já estavam convenientemente vestidos. Foram para o hotel.

Passepartout aguardava o patrão, armado com meia dúzia de punhais e revólveres. Sua expressão ficou carregada ao ver Fix com Fogg e Aouda. Mas a jovem contou-lhe o que acontecera e o rapaz se acalmou. "Ao menos esse detetive traidor ajudou a defender a moça!", refletiu o rapaz.

Após mais uma refeição, foram à estação de trem. Fogg perguntou a Fix se vira o coronel Proctor. Diante da negativa, afirmou:

— Voltarei à América para encontrá-lo e ensiná-lo a ter bons modos!

Às quinze para as seis, chegaram todos à estação, onde o trem já se encontrava, prestes a partir.

Quando ia entrar em sua cabine, Fogg perguntou a um funcionário o motivo da manifestação daquele dia.

— Por que tanto tumulto? Foi uma questão decisiva para o futuro da nação?

— Não, senhor, somente a eleição de um juiz de paz[33]!

Fogg acomodou-se, meditando. Se a eleição de um juiz causava tal tumulto, imagine-se a de um presidente!

---

[33] Para se tornar promotor de justiça no Brasil, um advogado precisa passar por um concurso público, para provar seu preparo e assumir o cargo. Nos Estados Unidos, o promotor, ou *attorney general*, é eleito pela população, num processo eleitoral semelhante à escolha de prefeito, governador e presidente. A maior parte dos cargos da administração pública nos Estados Unidos é escolhida pelo voto, e não por concurso público.

26
Detidos por búfalos

Nova York e San Francisco encontravam-se ligadas por uma grande linha férrea, que atravessava regiões indígenas e as terras colonizadas pelos mórmons desde 1845, após terem sido expulsos de Illinois[34]. Apesar da distância, a viagem deveria durar sete dias. Fogg esperava tomar o navio para Liverpool, na Inglaterra, no dia onze, em Nova York.

Como se sabe, partiram às seis da tarde. A noite não tardou a cair. Fria, escura, com o céu coberto de nuvens e possibilidades de neve. O trem não ia em alta velocidade. Os viajantes

[34] Chamam-se mórmons os seguidores do profeta Joseph Smith, fundador da Igreja. Segundo os mórmons, em 1820, Smith teve uma visão de Deus e de Jesus Cristo recomendando que ele fundasse sua própria Igreja para espalhar a Verdadeira Palavra. Até 1890, praticavam a poligamia. Ou seja, um homem podia se casar com várias mulheres. Hoje somente algumas seitas dissidentes ainda a toleram.

pouco conversavam. Passepartout não dirigia a palavra a Fix, pois, já que sabia de suas intenções, não o considerava um amigo. Pelo contrário, estava disposto, ao menor gesto que lhe desagradasse, a botá-lo para fora do trem.

Uma hora após a partida começou a nevar. Através das janelas via-se apenas um lençol branco, sobre o qual se destacava a fumaça da locomotiva. Às oito horas, um funcionário avisou que era chegado o horário de dormir. Em poucos instantes o vagão foi transformado em dormitório. Os encostos dos bancos desdobraram-se. Pequenos leitos foram puxados por meio de um engenhoso sistema mecânico. Cortinas foram fechadas para garantir a privacidade. Logo, cada passageiro acomodava-se em uma cama confortável, enquanto o trem atravessava a Califórnia.

Por volta da meia-noite passaram por Sacramento. Após algumas outras estações, deixou a planície para entrar na serra de Nevada. Às sete da manhã, as camas foram fechadas. O vagão assumiu a aparência normal. Através das vidraças, os passageiros podiam observar a paisagem montanhosa. O trajeto dos trilhos subordinava-se aos caprichos da serra. Por vezes, ia colado à encosta, outras, suspenso sobre precipícios, e atravessando desfiladeiros que pareciam sem saída. Túneis e pontes eram escassos. O trem contornava as montanhas, às vezes descrevendo longas curvas para evitar ângulos bruscos. Ao meio-dia, fez uma parada para o almoço.

Logo após, deixaram a serra. Nos prados, manadas de búfalos avançavam em tropel. Ocorreu, então, algo frequente nas viagens de trem por aquelas paragens. Milhares desses animais atravessaram a linha férrea em filas compactas, obrigando a locomotiva a se deter. Caminhavam tranquilamente, mugindo. Não era possível impedi-los. Foi preciso esperar sua passagem durante três horas.

Os viajantes observavam o espetáculo. Phileas Fogg não se alterou. Permaneceu em seu lugar, aguardando filosoficamente que os ruminantes deixassem o caminho livre. Ao contrário, Passepartout estava furioso. Já era noite quando o trem pôde retomar a marcha. Às oito horas atravessaram as montanhas Humboldt e às nove e meia penetraram no território de Utah, junto a Salt Lake, a terra dos mórmons.

27
A PALESTRA DO MISSIONÁRIO

Durante a noite de cinco para seis de dezembro, o trem aproximou-se do grande lago salgado. Por volta das nove da manhã, Passepartout tomava ar no passadiço do vagão, quando viu um personagem de estranha aparência.

Era um homem alto, muito moreno, de bigode preto. Sua roupa e seus calçados eram também pretos, a gravata branca e as luvas de pele de cachorro. Parecia um sacerdote. Atravessava o trem de vagão em vagão, colocando uma espécie de cartaz feito a mão em cada portinhola.

Passepartout aproximou-se e leu o que dizia. O respeitável ancião[35] William Hitch,

[35] "Venerável Ancião" ou "o Profeta" é o líder máximo da Igreja Mórmon. Nessa doutrina, vigora o princípio da ancianidade, ou seja, os mais velhos são mais respeitados e detêm mais poder.

missionário mórmon, aproveitando sua presença no trem, faria uma conferência sobre a religião entre onze e meio-dia. Convidava todos os cavalheiros interessados em conhecer os mórmons. O francês, que só ouvira falar da poligamia entre os que seguiam a religião, resolveu assistir à conferência. Outros passageiros tiveram a mesma curiosidade.

Às onze horas, cerca de trinta homens ocupavam os bancos do vagão cento e dezessete. Passepartout sentava-se na primeira fila. Nem seu patrão nem o detetive se deram ao trabalho de sair de seus lugares para ouvir a palestra.

Na hora marcada, William Hitch levantou-se e começou a discursar com um tom de voz irritado, como se alguém já tivesse contrariado suas palavras.

— Eu vos digo que Joe Smyth é um mártir, que seu irmão Hvram também é um mártir, e que as perseguições do governo da União contra nossos profetas farão igualmente de Brigham Young um mártir! Quem ousa dizer o contrário?

Ninguém se atreveu a desdizer o missionário, cuja exaltação contradizia sua fisionomia habitualmente serena. Mas sem dúvida sua cólera era explicável, pois a religião mórmon passava por grandes provas. O governo dos Estados Unidos havia proscrito esses fanáticos independentes. Esses haviam se refugiado em Utah, e finalmente haviam se submetido às leis da União, após a prisão de Brigham Young, acusado de rebelião e poligamia. Após essa fase, os discípulos do Profeta redobraram seus esforços e discursavam contra o Congresso.

Assim, o missionário William Hitch tentava catequizar as pessoas em plena viagem de trem! Alguns assistentes, pouco interessados no discurso do missionário, deixaram o vagão. Mas William Hitch continuou a contar como Smyth Júnior reuniu seu pai, seus dois irmãos e alguns discípulos para fundar a religião dos Santos dos Últimos Dias. A narrativa se estendeu. Mais pessoas deixaram o auditório improvisado. Em breve não restavam mais de vinte assistentes.

O missionário não se inquietou com a deserção. Contou como Joe Smyth, alguns anos depois, no Missouri, tornou-se líder de uma comunidade com cerca de três mil discípulos.

Restavam dez assistentes, entre eles o honesto Passepartout, que o escutava com os ouvidos bem abertos. O discurso continuou, e a plateia foi sumindo.

Finalmente, Passepartout estava sozinho no vagão. O missionário o encarou face a face e observou quanto estava fascinado por suas palavras. Disse-lhe que dois anos após o assassinato de Smyth, seu sucessor, o profeta Brigham Young havia abandonado Nauvoo e veio se estabelecer nas bordas do lago salgado. Lá, no estado de Utah, com terras férteis, a nova colônia cresceu enormemente.

— É esse o motivo do ciúme do Congresso — afirmou o missionário. — Por isso os soldados da União foram enviados a Utah, e nosso profeta, Brigham Young, foi preso! Mas não vamos ceder à força! Jamais!

Cravando um olhar furioso em Passepartout, concluiu:

— E quanto a vós, meu fiel, o único a permanecer aqui durante minha palestra, também erguerá nossa bandeira?

— Não! — respondeu corajosamente Passepartout.

E saiu em seguida, deixando o missionário pregando no deserto!

Durante a palestra o trem avançara bem depressa. Ao meio-dia e meia, tocava a ponte noroeste do lago salgado. De lá, era possível abranger com os olhos aquele mar interior, o Salt Lake.

Rodeado de rochas incrustadas por sal branco, está situado a mil, cento e cinquenta metros acima do nível do mar.

Às duas horas os viajantes desceram na estação de Ogden. O trem partia novamente às seis horas. Fogg, Aouda, Passepartout e Fix resolveram visitar a cidade mórmon, utilizando uma linha secundária que partia da estação. Duas horas bastavam para conhecer aquela cidade tipicamente americana, construída de acordo com um padrão: vastos tabuleiros cortados por ruas retas. Uma muralha de argila e cascalho, datada de 1853, cercava o local.

As casas eram de tijolos, tinham varandas e eram cercadas por jardins. As ruas estavam quase desertas, com exceção da parte do templo, onde só se chegava após atravessar diversos quarteirões cercados por paliçadas. Havia um grande número de mulheres, o que se explicava pela composição das famílias mórmons. Não se deve pensar, porém, que todos os mórmons eram polígamos. Eram livres para sê-lo. Mas as fiéis é que desejavam ser desposadas. De acordo com a religião, mulheres solteiras não entrariam no céu!

Passepartout, na qualidade de solteiro convicto, observava com alguma dose de terror as mórmons encarregadas de proporcionar, em conjunto, a felicidade a um único homem! Era do marido que tinha pena! Achava terrível ter que carregar aquelas senhoras ao longo das vicissitudes da vida, conduzi-las em bando até o paraíso mórmon e, ainda por cima, reunir-se a elas por toda a eternidade!

Às quatro os viajantes já estavam de volta a seus assentos no trem.

No horário marcado, ouviu-se um apito. As rodas começaram a se movimentar sobre os trilhos. Nesse instante, gritos ecoaram na estação:

— Parem! Parem!

Não é possível deter um trem em movimento. O cavalheiro que gritara era evidentemente um mórmon retardatário. Corria tanto que já estava sem fôlego. O trem andava devagar. O homem disparou sobre os trilhos. Conseguiu subir. Atirou-se para a plataforma do último vagão. Despencou esbaforido sobre um dos assentos.

Passepartout, que acompanhara com atenção o esforço do cavalheiro, aproximou-se para vê-lo. Tinha um vivo interesse em conhecê-lo, por ter ouvido alguns passageiros recém-embarcados murmurar que o cidadão de Utah fugira daquela forma desesperada após um desentendimento doméstico.

Quando o mórmon tomou fôlego, Passepartout arriscou-se a perguntar quantas mulheres ele possuía — pelo jeito como fugira, imaginava serem no mínimo vinte.

— Uma, cavalheiro! Uma! — respondeu o mórmon, erguendo as mãos para o céu. — E basta!

28
A TODA VELOCIDADE

Pouco depois das dez horas da noite o trem entrou no Estado de Wyoming, seguindo um vale onde corre parte das águas que formam o sistema hidrográfico do Colorado. No dia seguinte, sete de dezembro, pararam quinze minutos na estação de Green River. Durante a noite, nevara muito, o que preocupou Passepartout. O acúmulo de neve poderia comprometer a passagem dos vagões, atrasando a viagem. "Ora! Meu patrão deveria ter escolhido a primavera ou o verão para tal aventura! Teria mais chances de êxito", dizia para si mesmo.

Mas, enquanto Passepartout se preocupava com o tempo, Aouda tinha receios mais sérios. Entre os passageiros que haviam descido para esticar as pernas na plataforma da estação, reconhecera, através da vidraça, o coronel Stamp Proctor. Justamente o americano que discutira tão grosseiramente com Phileas Fogg em San Francisco! Para não ser vista, ela se afastara ligeiramente da janela.

A coincidência preocupava bastante a jovem. Ela sentia-se ligada ao homem que, apesar de sua frieza, lhe demonstrava diariamente a mais absoluta devoção. Sem dúvida ela não compreendia a profundidade da emoção que lhe inspirava seu salvador. Ainda não dava o nome correto a esse sentimento por si mesmo bastante forte. Seu coração se apertou ao reconhecer o homem com quem Fogg queria duelar. Evidentemente, fora o destino que colocara o coronel Proctor no mesmo trem. Resolveu impedir a todo custo que Phileas Fogg encontrasse seu adversário.

Quando o trem se pôs em movimento, Aouda conseguiu colocar, discretamente, Passepartout e Fix a par da situação.

— Esse Proctor está no trem! — admirou-se Fix. — Pois saiba, madame, antes de se ver com o senhor Fogg, ele terá que me enfrentar! Fui eu o mais insultado por ele!

— Pode deixar que eu dou um jeito nele — garantiu Passepartout.

— Senhor Fix — disse Aouda —, o senhor Fogg não permitirá que outra pessoa o vingue. Ele é um homem de fibra. Já havia decidido voltar à América simplesmente para devolver o insulto recebido desse homem. Se ele descobrir o senhor Proctor no trem, não poderemos impedir um duelo, que pode ter um final muito triste. É importante que eles não se vejam!

— Tem razão, madame — respondeu Fix. — Um reencontro dos dois poderá pôr tudo a perder. Vencedor ou vencido, o senhor Fogg será retardado... a viagem atrasará!

— E os cavalheiros do Reform Club ganharão a aposta! — concluiu Passepartout. — Em quatro dias chegaremos a Nova York. Pois bem, nesses quatro dias, meu patrão não pode deixar o vagão, e temos que torcer para que o acaso não o coloque face a face com esse maldito americano! Ora, nós descobriremos uma forma de impedi-lo!

A conversa foi subitamente interrompida. Fogg acordara e apreciava o campo através do vidro coberto com flocos de neve. Pouco mais tarde, sem ser ouvido por seu patrão ou Aouda, Passepartout perguntou ao detetive:

— É verdade que você está disposto a defendê-lo?

— Farei tudo para que retorne vivo à Europa — respondeu Fix simplesmente, com o tom marcado por sua vontade implacável.

Passepartout sentiu um arrepio percorrer seu corpo. Mas suas convicções sobre a inocência de seu patrão não se abalaram. "O que acontecerá na Inglaterra veremos depois", pensou o criado. "O importante agora é impedi-lo de se bater em duelo."

Haveria uma maneira de deter Fogg em sua cabine no trem, para impedir seu encontro com o coronel? Em princípio não seria difícil, pois o cavalheiro era pouco curioso. Mas o detetive teve uma ideia. Alguns instantes mais tarde, disse a Phileas Fogg:

— Como é lenta e longa a passagem do tempo em uma viagem de trem!

— Com certeza. Mas as horas passarão de uma maneira ou de outra — respondeu o cavalheiro.

— A bordo dos navios, o senhor tinha o hábito de jogar cartas! — continuou Fix.

— Sim — concordou Fogg. — Mas aqui será difícil. Não tenho cartas nem parceiros.

— Ora, as cartas podemos comprar aqui mesmo. É comum serem vendidas nos trens americanos. Quanto aos parceiros, se, por acaso, a jovem...

— Sem dúvida, eu gostaria! — aceitou vivamente a moça. — Sei jogar *whist*. Aprender faz parte da educação à moda inglesa, que eu recebi.

— Tenho a pretensão de ser bom nesse jogo. Ora, somos três, e se jogarmos com um morto...

— Como desejar, senhor! — concordou Phileas Fogg, encantado em encontrar uma maneira de passar o tempo.

Passepartout recebeu a incumbência de comprar o baralho. Voltou quase em seguida com dois jogos completos, fichas e um tabuleiro coberto por um pano. Nada faltava. O jogo começou. Aouda jogava bem, e chegou a receber cumprimentos do severo cavalheiro. Quanto ao detetive, era excelente, e digno de fazer frente a Fogg. "Agora ficará concentrado no jogo e não descerá mais do trem até a chegada!", alegrou-se o criado.

Às onze horas da manhã, o comboio atravessou a linha divisória das águas de dois oceanos. Aquele ponto, chamado de Passe-Bridger, dois mil e trezentos metros acima do nível do mar, era um dos mais elevados do trajeto da ferrovia. Após mais quatrocentos quilômetros, os viajantes se encontraram nas planícies que se estendem até o Atlântico. Na vertente da bacia atlântica já se viam os primeiros rios, afluentes ou subafluentes do rio North-Platte. Em algumas horas, concluiriam a travessia das Montanhas Rochosas. Portanto, seria de esperar que nenhum outro incidente atrapalhasse a passagem do trem. Tinha parado de nevar. O ar era seco e frio. Grandes pássaros fugiam, assustados pela locomotiva. Nenhuma fera, fosse lobo ou urso, aparecia na planície. Só se via o deserto.

Após o almoço, servido no vagão, Fogg e seus companheiros já se dispunham a recomeçar o jogo quando se ouviram fortes apitos. O trem parou.

Não havia estação à vista. Passepartout pôs a cabeça para fora da janela. Nada viu que justificasse a parada. Aouda e Fix temeram que Fogg resolvesse descer. Mas o fleumático cavalheiro limitou-se a mandar o criado indagar o que acontecia.

Passepartout saltou. Cerca de quarenta passageiros haviam tomado a mesma atitude, entre eles o coronel Proctor. O trem estava parado diante de um sinal vermelho, que indicava perigo. O maquinista e o foguista discutiam com um guarda-linha, que o chefe de estação de Medicine-Bow, a povoação mais próxima, havia enviado ao encontro do trem. Os viajantes aproximaram-se e passaram a tomar parte na discussão. Entre eles, o coronel Proctor. Como era seu jeito de ser, expressava-se com voz irritada e gestos violentos. Passepartout ouviu o guarda-linha dizer:

— Não adianta discutir! Não é possível passar! A ponte de Medicine-Bow está abalada e não suportaria o peso do trem!

Tratava-se uma ponte pênsil, erguida sobre um desfiladeiro, no fundo do qual corria um rio de águas tempestuosas. Ficava a dois quilômetros de distância do local onde o trem se detivera. Segundo o guarda-linha, muitos cabos estavam quebrados. Era impossível cruzá-la. Seria loucura não ouvi-lo.

Passepartout nem tinha forças para avisar seu patrão. Escutava tudo com os dentes cerrados, imóvel como uma estátua. O coronel Proctor gritava:

— Não vamos ficar aqui, criando raízes na neve!

O foguista respondeu:

— Coronel, já foi enviado um telegrama para a estação de Omaha, pedindo um trem para nos resgatar do outro lado da ponte. Mas não chegará a Medicine-Bow antes das seis horas!

— Seis horas! — gemeu Passepartout.

— Sem dúvida. De qualquer forma, esse tempo será necessário para chegarmos a pé à estação!

— A pé?! — espantaram-se todos os passageiros presentes.

— Mas a que distância estamos dessa estação? — inquiriu um deles.

— Dezenove quilômetros, a partir do outro lado do rio.

— Caminhar dezenove quilômetros enfrentando a neve? — rugiu o coronel Proctor.

O coronel lançou uma série de injúrias contra a companhia, o maquinista e sabe-se lá mais quem. Passepartout, furioso, estava prestes a fazer coro com ele. Era um obstáculo material que as cédulas de seu patrão não conseguiriam vencer.

O desapontamento generalizou-se entre os passageiros que, além do atraso, seriam obrigados a caminhar uma distância tão grande através da planície coberta de neve. Houve um grande número de exclamações, vociferações e urros, que teriam feito Fogg descer do trem se não estivesse tão entretido com o jogo.

Mas Passepartout tinha a obrigação de avisá-lo. De cabeça baixa, dirigia-se ao vagão quando o foguista do trem — um autêntico ianque, chamado Forster — elevou a voz:

— Senhores, talvez haja uma maneira de passar!

— Sobre a ponte? — espantou-se um passageiro.

— Exatamente, sobre a ponte.

— Com o nosso trem? — demandou o coronel.

— Com o nosso trem.

Passepartout se deteve. Ouviu avidamente as palavras do foguista.

— Mas a ponte ameaça cair! — lembrou o maquinista.

— Não importa! — respondeu Forster. — Se lançarmos o trem no máximo de sua velocidade, temos uma chance de passar.

— Diabos! — admirou-se Passepartout.

Um certo número de passageiros foi imediatamente seduzido pela proposta. Particularmente o coronel Proctor. Lembrou, inclusive, que alguns engenheiros calculavam ser possível atravessar os rios sem usar pontes, usando trens rígidos em alta velocidade. Todos os interessados tomaram o lado do foguista.

— Temos cinquenta por cento de chance de passar — dizia um.

— Sessenta — completava outro.

— Oitenta! — bradava mais um, otimista.

Passepartout preocupava-se. Bem que gostaria de evitar o atraso. Mas a solução parecia um tanto intrépida demais. "Só um americano para imaginar essa solução!", pensava, com seu jeito de ser francês. "Há uma coisa bem mais simples a ser feita, e essa gente nem sonha com a solução!"

— Senhor — disse Passepartout a um dos viajantes. — A ideia do foguista me parece um pouco arriscada, mas...

— Temos oitenta por cento de chance — afirmou o otimista.

— Sei que sim — interveio Passepartout. — Mas uma simples reflexão...

— Para que refletir, é inútil! — respondeu o americano. — O foguista assegura que passaremos!

— Sem dúvida — continuou Passepartout — , mas talvez seja mais prudente...

— O quê? Prudente? — irritou-se o coronel Proctor, pois essa palavra o indignava. — A toda velocidade, eu lhe digo! Compreende? A toda velocidade.

— Eu sei... eu compreendo... — repetia Passepartout, que ninguém deixava terminar a frase. — Mas não seria mais prudente, embora a palavra os choque..., se...

— Quê? Quê? Qual? O que pode ser mais prudente? — gritavam de todos os lados.

O pobre rapaz não sabia mais o que falar para se fazer entender.

— Está com medo? — indagou o coronel Proctor.

— Eu, medo? — gritou Passepartout. — De jeito nenhum! Ora, mostrarei a todos que um francês pode ser mais intrépido do que qualquer americano!

— De volta ao trem, de volta ao trem! — gritava o maquinista.

— Ora! De volta ao trem, de volta ao trem! — repetiu Passepartout. — E depressa! Mas pessoa alguma me impedirá de pensar que seria mais lógico que os passageiros atravessassem a ponte a pé, em primeiro lugar. E o trem em seguida!

Ninguém compreendeu essa sábia reflexão. Os passageiros voltaram a seus lugares. Passepartout sentou-se, sem nada contar sobre o que ocorrera. Os jogadores, entretidos com as cartas, também nada perguntaram.

A locomotiva apitou vigorosamente. O foguista fez o vapor chegar ao máximo. O trem recuou cerca de um quilômetro e meio — como faz um atleta pronto para executar um salto.

A um segundo apito, a marcha recomeçou. A locomotiva acelerou. A velocidade aumentou rapidamente. Os pistões batiam vinte vezes por segundo. Os eixos faiscavam. A uma velocidade de cento e sessenta quilômetros por hora, o trem mal parecia tocar os trilhos[36]!

E passou! Foi como um relâmpago! Ninguém viu a ponte! O comboio saltou, po-

---

[36] O princípio físico que move uma locomotiva a vapor é simples e acontece diariamente em casa ao fervermos água para fazer café. É a transformação de água em vapor de água. O carvão é jogado na fornalha. O calor da queima desse carvão aquece a água que está na caldeira. Ao entrar em ebulição, a água transforma-se em vapor, que ocupa um volume muito maior que a água. Esse aumento de volume gera pressão suficiente para mover os pistões, que por sua vez movem a roda fazendo a locomotiva andar.

deria se dizer, de uma encosta do precipício à outra! A locomotiva só conseguiu parar a uma grande distância da estação!

    Assim que o trem atravessou a ponte, esta, definitivamente arruinada, desmoronou. E caiu com estrondo nas águas da torrente lá no fundo do precipício!

29
ATAQUE INDÍGENA

Naquela mesma tarde, o trem continuou seu trajeto sem novos obstáculos. Passou pelo forte Sauders, transpôs o desfiladeiro de Cheyenne e chegou ao de Evans. Os trilhos alcançavam o ponto mais alto do percurso, dois mil e setecentos metros acima do oceano! De agora em diante, a viagem seria só descida. Segundo os cálculos de Fogg, em mais quatro dias e quatro noites, chegariam a Nova York. A viagem continuava dentro do cronograma!

Às onze horas entraram no Estado de Nebraska e passaram próximo a Sedgwick e depois a Julesburgh, situada no lado sul do rio Platte. Foi nesse ponto que a Union Pacific Road foi inaugurada, em 1867. Essa grande estrada de ferro foi um dos instrumentos do desenvolvimento dos Estados Unidos, ao atravessar o deserto, ligando cidades e possibilitando o surgimento de outras que ainda não existiam.

Às nove horas da manhã chegaram à importante cidade de North Platte, situada entre os dois braços do caudaloso rio, que se unem após contorná-la. Fogg e seus companheiros haviam recomeçado a jogar. Ninguém mais se queixava da lentidão da viagem. O detetive Fix ganhara uma pequena quantia, mas já corria risco de perdê-la. A sorte, porém, favoreceu Fogg durante toda a manhã. Os trunfos choviam em suas mãos. Tudo parecia caminhar muito bem, sem sobressaltos, até que o inevitável aconteceu.

Ao terminar um lance audacioso, Fogg ouviu uma voz logo atrás de si.

— Eu jogaria ouros...

Fogg, Aouda e Fix ergueram as cabeças. O coronel Proctor estava de pé, observando o jogo. Ele e Fogg se reconheceram imediatamente.

— Ah, por aqui, inglês? — exclamou o coronel. — É o senhor que queria jogar espadas!

— E jogo! — respondeu Fogg friamente.

Colocou sobre o tabuleiro um dez do naipe.

— Muito bem, eu quero que seja ouro — replicou o coronel agressivamente.

Fez um gesto para retirar a carta colocada pelo inglês. Acrescentou:

— O senhor nada entende desse jogo!

— Talvez seja mais hábil em outro! — respondeu Fogg, levantando-se.

— Pois mostre, inglês! — replicou o outro.

Aouda empalideceu. Todo seu sangue refluiu ao coração. Agarrou o braço de Phileas Fogg, que se desprendeu docemente. Passepartout estava prestes a se atirar sobre o americano, que encarava seu adversário da maneira mais insultante. Mas Fix levantou-se. Foi até Proctor e disse:

— O senhor se esquece de que é a mim que ofendeu, pois não somente me insultou, mas também me golpeou!

— Senhor Fix — disse Fogg — , eu peço que me desculpe, mas este caso resolvo sozinho. Ao supor que eu errei ao jogar espadas, o coronel me fez nova injúria. Exijo satisfação!

— Quando o senhor desejar, e onde quiser — respondeu o americano. — Quanto à arma, escolha a que preferir!

Aouda procurava vivamente reter Fogg. O detetive continuou a tentar tomar a frente da discussão. Passepartout queria atirar o coronel pela porta do trem. Mas um sinal do seu patrão o fez deter. Fogg deixou seu lugar e o americano o seguiu até a plataforma do último vagão.

— Senhor — disse Fogg ao adversário. — Estou fortemente pressionado a retornar à Europa, e qualquer atraso prejudicará bastante meus interesses.

— E daí? Que me interessa? — replicou Proctor.

Fogg continuou polidamente.

— Após nossa discussão em San Francisco eu tinha o projeto de voltar à América para reencontrá-lo, assim que terminasse os negócios que me obrigam a voltar ao continente europeu.

— Verdade?

— O senhor me dá seis meses?

— E por que não seis anos?

— Eu disse seis meses — respondeu Fogg. — E chegarei pontualmente ao local de nosso encontro!

— Teme a derrota? Ou duelamos agora ou nunca mais! — gritou o coronel.

— Que seja! — respondeu Fogg. — Vai a Nova York?

— Não.

— A Chicago?

— Não.

— A Omaha?

— Não. Conhece Plum-Creek?

— Não — respondeu Fogg.

— É a próxima estação. O trem chegará em uma hora. A parada será de dez minutos. Em dez minutos, podemos duelar com revólveres[37].

— Está feito — concordou Phileas Fogg. — Farei uma parada em Plum-Creek.

— Acredita sinceramente que continuará a viagem? — perguntou o americano com insolência.

— Assim será, senhor — concluiu Fogg.

Retornou ao seu lugar, com a mesma frieza de sempre.

O cavalheiro tratou de acalmar Aouda, dizendo que os fanfarrões nunca vencem. Em seguida, pediu a Fix que lhe servisse de testemunha no duelo. Fix não pôde recusar, e Fogg

---

[37] Existiam diversos tipos de duelos, diversos tipos de armas e consequentemente diversos tipos de regra. O que não muda é o motivo que leva duas pessoas a duelar: a honra. Todos os duelos tinham como objetivo responder a um insulto ou a algo que redundasse em vergonha. Ou seja, restaurar a honra de alguém que foi ofendido. O gesto clássico de intimar alguém a um duelo com um tapa de luva na cara remonta à Idade Média. Durante os rituais de investidura de um cavaleiro, o seu padrinho dá um tapa na cara do neófito. Esse gesto simboliza o nascimento da honra do cavaleiro, pois é a última ofensa que não será revidada com a morte. Atualmente o duelo é considerado ilegal na maioria dos países.

retomou tranquilamente a partida interrompida, jogando espadas com perfeita calma.

Às onze horas, o silvo da locomotiva anunciou a aproximação de Plum-Creek. Fogg ergueu-se, seguido por Fix, e encaminhou-se para a porta do trem. Passepartout o acompanhou, portando um par de revólveres. Aouda ficou no trem, pálida como a morte.

Nesse instante, a porta de outro vagão se abriu. O coronel Proctor também descia igualmente a plataforma, seguido por sua testemunha, um ianque de seu grupo. No instante em que os dois desciam, o maquinista correu até eles, gritando:

— Aqui não se desce, cavalheiros.

— Por quê? — quis saber o coronel.

— Lamento! Mas partiremos imediatamente. Ouçam o relógio, que já soa!

De fato, o relógio tocava, para o trem voltar a seguir viagem.

— Estou verdadeiramente desolado, senhores — continuou o maquinista. — Em qualquer outra circunstância, eu não faria isso. Mas, já que não há tempo para que duelem aqui na estação, por que não se batem durante o trajeto?

— Isso decerto não será conveniente a esse senhor! — disse o coronel Proctor com ar de deboche.

— Pois me convém perfeitamente — retrucou Phileas Fogg.

"Decididamente, estamos na América!", pensava Passepartout. "O maquinista do trem é um cavalheiro em todos os aspectos."

E seguiu seu patrão.

Os dois adversários e suas testemunhas, precedidos pelo maquinista, passaram de um vagão a outro, até a traseira do trem. O último vagão era ocupado somente por uma dezena de viajantes. O condutor lhes pediu que, por gentileza, deixassem o local livre para os dois cavalheiros por alguns instantes, pois tinham uma questão de honra a resolver.

Por incrível que pareça, os passageiros ficaram satisfeitos em poder ser agradáveis aos dois cavalheiros e se retiraram. O vagão prestava-se convenientemente à ocasião. Os dois adversários podiam marchar de costas um para o outro, entre os dois extremos. Nunca as regras de um duelo pareceram tão fáceis de ser seguidas! Fogg e Proctor, cada um munido de um revólver de seis tiros, entraram no vagão. Suas testemunhas ficaram no vagão contíguo, aguardando. Ao primeiro apito da locomotiva, deviam atirar. Após dois minutos, se retiraria do vagão o cavalheiro que sobrasse com vida!

Nada mais simples, em verdade. Tão simples que os corações de Passepartout e Fix dispararam, de tanta preocupação.

Aguardavam o apito combinado, quando de repente ouviu-se uma série de gritos selvagens. Detonações os acompanhavam. Mas não vinham do vagão reservado aos duelistas! As detonações se prolongavam, na verdade, à frente e ao longo dos trilhos. Uma onda de terror atingiu os passageiros.

Todos compreenderam que estavam sob o ataque de um bando de Sioux!

Esses índios ousados mais de uma vez haviam atacado comboios. Segundo seu costume, sem esperar que o trem se detivesse, lançavam-se sobre ele em movimento. Cerca de uma centena escalava os vagões como fazem os peões ao subirem em um cavalo a galope.

Os Sioux estavam munidos de fuzis. Eram deles os tiros que os passageiros ouviam. Os viajantes responderam com tiros de revólver. Mas os índios se precipitaram sobre a locomotiva. O foguista e o maquinista estavam caídos no chão, feridos por golpes de maças. Um chefe Sioux tentou parar o trem. Como não sabia manejar o maquinário, abriu a válvula do vapor, em vez de fechá-la. A locomotiva, sem controle, disparou em velocidade espantosa.

Ao mesmo tempo os índios invadiam os vagões. Corriam por cima do teto, arrombavam as portinholas e lutavam corpo a corpo com os passageiros. O vagão das bagagens mais pesadas foi saqueado. Malas, pacotes e outros volumes, arremessados para fora. Gritos e disparos não cessavam. Os viajantes defendiam-se corajosamente. Alguns vagões sustentavam um verdadeiro cerco, como se fossem fortes, a duzentos quilômetros por hora. Desde o começo do ataque, Aouda se comportava com valentia. De revólver em punho, atirava pelas janelas quando algum índio se punha a seu alcance. Vários viajantes feridos jaziam nos bancos. A luta já durava dez minutos. Seguramente terminaria a favor dos Sioux, se o trem não conseguisse parar. A estação do forte Kearney estava a uma distância de somente três quilômetros e duzentos metros. Lá se encontrava um destacamento do Exército. Se passassem por ela na velocidade em que iam, os Sioux se apossariam do trem até a estação seguinte!

O condutor lutava ao lado de Fogg, quando foi atingido por uma bala. Ao cair, gritou:

— Estamos perdidos, se o trem não parar dentro de cinco minutos!

— Ele vai parar! — garantiu Fogg, que se lançou para fora do vagão!

— Acalme-se, senhor! — gritou Passepartout. — Eu tomo conta disso!

Phileas Fogg não teve tempo de deter o corajoso rapaz. Este abriu um alçapão e, sem ser visto pelos índios, deslizou por baixo dos vagões. Enquanto a luta continuava, e as balas cruzavam sobre sua cabeça, recobrou sua antiga agilidade circense. Avançou por baixo dos vagões, agarrando-se às correntes e apoiando-se nas alavancas dos freios. Rastejou por baixo do trem com espantosa facilidade! Logo chegou à locomotiva, sem que ninguém percebesse sua manobra. Suspenso por uma das mãos, conseguiu desengatar o comboio da máquina. O trem, separado da locomotiva, foi parando aos poucos, enquanto a máquina continuava a todo vapor. Devido ao impulso, os vagões ainda correram alguns minutos. Mas se detiveram a cem passos da estação de Kearney.

Os soldados do forte, atraídos pelos tiros, vieram rapidamente. Mas os índios não os esperaram. E fugiram!

Na plataforma da estação, descobriu-se que faltavam alguns viajantes. Entre eles, o corajoso francês, cuja ousadia salvara a todos.

30
QUESTÃO DE HONRA

Faltavam três passageiros, incluindo Passepartout. Teriam morrido na luta? Seriam prisioneiros dos Sioux? Nada se sabia.

Havia um grande número de feridos, mas nenhum em perigo de vida. Um dos que estavam em estado mais grave era justamente o coronel Proctor. Tinha lutado bravamente. Mas caíra com um tiro. Fora transportado para a estação com outros viajantes cujos ferimentos exigiam tratamento urgente. Aouda estava incólume. Fogg, que não se poupara, não tinha sequer um arranhão. Fix só estava ferido ligeiramente no braço. Mas Passepartout desaparecera, e Aouda lamentava-se profundamente.

Todos os passageiros abandonaram o trem, cujas rodas estavam manchadas de sangue. Os últimos índios sumiram em direção ao sul.

Fogg permanecia imóvel, de braços cruzados. Estava diante de uma grave decisão. Aouda, a seu lado, encarava-o sem pronunciar uma sílaba. Ele sabia como interpretar seu olhar. Se Passepartout fora aprisionado pelos índios ao salvá-los, não era seu dever tentar tudo, arriscar o que fosse necessário para resgatá-lo?

— Vou encontrá-lo, vivo ou morto! É uma questão de honra! — prometeu Fogg a Aouda.

— Ah! Como é justo! — exclamou a jovem, agarrando as mãos de seu companheiro e cobrindo-as de lágrimas.

— Vivo! — acrescentou Phileas Fogg. — Se não perdemos um minuto, ainda o encontraremos vivo!

Essa decisão implicava um autêntico sacrifício para Phileas Fogg. Também, sua ruína. Um único dia de atraso o impediria de embarcar no navio que saía de Nova York. Perderia a aposta e com ela sua fortuna. Mas não vacilou um instante, como se pensasse: "É meu dever!".

O capitão comandante do forte Keaney estava entre eles. Seus soldados — uma centena de homens — ainda estavam em formação defensiva, para o caso de os Sioux resolverem atacar a estação.

— Senhor — disse Fogg. — Faltam três passageiros.

— Mortos? — perguntou o capitão.

— Mortos ou prisioneiros — explicou Fogg. — É uma dúvida que temos que esclarecer. O senhor pretende perseguir os Sioux?

— Isso seria difícil — disse o capitão. — Os índios podem fugir para muito longe daqui. Eu não posso abandonar o forte que me foi confiado.

— Senhor, trata-se da vida de três homens! — insistiu Fogg.

— Sem dúvida. Mas como arriscar a vida de cinquenta para salvar três?

— Não sei se o senhor pode. Mas que deve, deve!

— Senhor — contestou o capitão. — Ninguém aqui está autorizado a me dizer qual é a minha obrigação.

— Nesse caso — respondeu friamente Phileas Fogg — , eu irei sozinho!

Fix se aproximava. Indagou, admirado:

— O senhor vai perseguir os índios sozinho?

— O senhor acha que devo deixar perecer esse infeliz a quem todos nós devemos a vida? Vou sozinho!

— Bem, não irá sozinho! — afirmou o capitão, comovido. — Não! É muito corajoso e tem um grande coração!

Virou-se para seus homens e pediu.

— Que se apresentem trinta homens de boa vontade!

Todo o destacamento avançou em massa. O capitão mal sabia como escolher entre homens tão valorosos. Trinta soldados foram designados, e um velho sargento recebeu o comando.

— Obrigado, capitão! — disse Fogg.

— Permite-me que os acompanhe? — pediu Fix ao cavalheiro.

— Faça como preferir, senhor — respondeu Fogg. — Mas, se quiser me ajudar, fique junto com Aouda. Se me acontecer alguma coisa...

Subitamente, o detetive empalideceu. Separar-se do homem que seguira passo a passo, e com tanta persistência! Deixar que ele se aventurasse pelo deserto! Fix encarou Fogg com atenção. Apesar de suas desconfianças, e das dúvidas que tinha no espírito, sentiu-se obrigado a abaixar a cabeça diante daquele olhar franco e sereno. Respondeu simplesmente:

— Se assim prefere, ficarei.

Alguns instantes depois, Fogg apertou a mão da jovem. Entregou-lhe a preciosa bolsa com todo seu dinheiro. Partiu com o sargento e os trinta soldados.

— Meus amigos, ofereço uma recompensa de mil libras se libertarem os prisioneiros! — prometeu ao destacamento.

Passavam alguns minutos do meio-dia.

Aouda retirou-se para uma sala da estação. Sozinha, sonhava com Fogg, lembrando-se com emoção de sua generosidade simples e grandiosa, sua coragem tranquila. Fogg havia sacrificado sua fortuna e agora arriscava sua vida sem nenhuma hesitação, simplesmente para cumprir seu dever. Diante de seus olhos, Phileas Fogg era um herói!

Ao contrário, Fix desesperava-se. Não continha sua agitação. Passeava febrilmente pela plataforma da estação. "Fui enganado!", dizia para si mesmo. "Fiquei fascinado com seus argumentos! Sou um inepto! Ele partiu e não voltará! Eu o persegui através de todo o mundo para perdê-lo assim, em um momento de ingenuidade! Eu, Fix, que o tinha nas mãos, com uma ordem de prisão assim que chegasse à Inglaterra! Oh, eu sou um asno!"

Assim refletia o inspetor de polícia londrina, à medida que as horas se passavam. Não sabia o que fazer. Algumas vezes teve vontade de contar toda a verdade a Aouda. Mas não sabia como suas palavras seriam recebidas pela jovem. Que partido ela tomaria?

O desânimo tomou conta de Fix. Sentia-se tremendamente frustrado. Seria o caso de abandonar a perseguição? Hesitou, quando surgiu a oportunidade de deixar a estação de Kearney e prosseguir a viagem até Nova York.

Efetivamente, duas horas mais tarde, quando nevava copiosamente, ouviram-se ao longe fortes apitos procedentes do leste. Uma sombra com clarões avermelhados aproximou-se da estação. Não se esperava nenhum trem. Os socorros pedidos por telégrafo não chegariam tão depressa, e o próximo trem de Omaha para San Francisco só passaria no dia seguinte.

Logo surgiu a explicação. Tratava-se da locomotiva desengatada do trem, graças à manobra ousada de Passepartout. Após separar-se do comboio, a máquina continuara a marcha em espantosa velocidade, com o maquinista e o foguista desmaiados. Percorreu vários quilômetros, até que o fogo se apagou. Sem combustível, sua velocidade diminuiu, e a locomotiva parou a trinta quilômetros da estação de Kearney.

Depois do prolongado desmaio, o maquinista e o foguista despertaram. A máquina estava parada. Ao se ver longe de qualquer indício de civilização, somente com a locomotiva, sem os vagões, o maquinista compreendeu o que havia acontecido. Não conseguia adivinhar como o restante do trem se desengatara da máquina. Seria mais prudente seguir diretamente para Omaha. Mas sabia que os passageiros precisavam de auxílio para continuar a viagem.

Não hesitou. O foguista reavivou as chamas. A máquina regressou a Kerney. Ou seja, os silvos ouvidos eram da própria locomotiva!

Os viajantes comemoravam quando a locomotiva voltou à frente do trem. Poderiam prosseguir a viagem interrompida de maneira tão terrível.

Ao assistir a chegada da máquina, Aouda foi até o condutor.

— Vai partir? — quis saber.

— Em um instante, senhora.

— Mas e os prisioneiros? Nossos companheiros de viagem tão sem sorte?

— Não posso interromper o serviço. Já levamos três horas de atraso — explicou o condutor.

— Quando passa outro trem vindo de San Francisco?

— Só amanhã.

— Mas amanhã será tarde demais! É preciso esperar!

— É impossível! — respondeu o condutor. — Se quiser partir, suba e retome seu lugar!

— Não vou! — decidiu Aouda.

Fix ouviu a conversa. Momentos antes, quando não havia possibilidade de locomoção, decidira deixar a estação de Kearney na primeira oportunidade. Agora que podia partir, uma força irresistível o prendia ao solo. A plataforma da estação queimava seus pés, mas não podia sair dali. A luta recomeçou em seu íntimo. Não suportava a frustração. Queria lutar até o fim, esgotar todas as possibilidades de botar as algemas em Fogg!

Entretanto, os passageiros e alguns feridos — entre outros o coronel Proctor, cujo estado era grave — instalaram-se nos vagões. A fumaça saiu pela chaminé. A locomotiva apitou. O trem partiu.

Fix ficou.

As horas se passaram. O frio aumentou. Fix, sentado em um banco da estação, permaneceu imóvel. Quem o visse acreditaria que dormia. Aouda saía a todo instante da sala onde estava acomodada, tentando enxergar através da tempestade de neve. A qualquer ruído, a esperança de que Fogg estaria de volta renascia. Mas nada. Ela entrava novamente, para reaparecer momentos depois, e sempre inutilmente.

A tarde passou. O pequeno destacamento não regressava. Onde estaria naquele momento? Teria encontrado os indígenas?

Lutado? Ou os soldados teriam se perdido na nevasca? O capitão do forte Kearney estava muito inquieto, embora não quisesse deixar transparecer.

Caiu a noite. A neve tombou menos abundantemente, mas com intensidade. O frio aumentou. Um silêncio absoluto reinava na planície. Nem o voo de um pássaro, nem o farfalhar de um arbusto quebravam a calma infinita.

Durante a noite, Aouda, com o espírito repleto de pressentimentos sinistros, o coração afogado em angústias, vagueou pela orla da campina. Sua imaginação criava mil perigos. O que ela sofreu durante aquelas longas horas seria impossível expressar.

Fix continuava imóvel no mesmo lugar. Mas não dormiu nem um instante. Em certo momento apareceu um homem que veio falar com ele. Mas o detetive o despachou após haver lhe respondido com um sinal negativo.

A noite passou. Ao alvorecer, o disco solar elevou-se em um horizonte repleto de nuvens. Só era possível enxergar a pequena distância, devido ao nevoeiro. Phileas Fogg e o destacamento haviam partido em direção ao sul. Mas o sul continuava deserto às sete horas da manhã.

O capitão, extremamente preocupado, não sabia que atitude tomar. Deveria enviar um segundo destacamento para socorrer o primeiro? Sacrificar mais homens, se havia uma mínima chance de encontrar os que partiram antes? Sua hesitação não durou. Com um gesto, chamou um de seus tenentes. E lhe ordenou uma missão de reconhecimento em direção ao sul. Nesse instante, ouviram-se tiros. Seria um sinal? Os soldados precipitaram-se para fora do forte. Viram um pequeno grupo de soldados que vinha em sua direção.

Phileas Fogg estava na frente, e após ele, Passepartout e os dois viajantes aprisionados pelo Sioux.

Haviam combatido os índios a dezesseis quilômetros ao sul de Kearney. Momentos antes da chegada dos soldados, Passepartout e seus companheiros já lutavam contra seus captores. O francês já havia derrubado três a socos, quando o cavalheiro inglês e os soldados vieram em seu socorro.

Todos, salvadores e salvados, foram recebidos com gritos de alegria. Fogg distribuiu aos soldados a gratificação prometida. Ao ver isso, Passepartout pensou, com bons motivos: "Decididamente, devo reconhecer que meu custo é alto para o meu patrão!".

Fix, sem pronunciar uma palavra, observava Fogg. Teria sido difícil analisar os sentimentos que tumultuavam seu espírito. Aouda prendeu as mãos do cavalheiro entre as suas, sem conseguir pronunciar uma palavra!

Entretanto, Passepartout, desde sua chegada, procurava o trem com os olhos. Ele esperava encontrá-lo pronto para seguir viagem! Para recuperar o tempo perdido!

— O trem, o trem! — gritou ele.

— Partiu! — disse Fix.

— O trem seguinte, quando virá? — perguntou Phileas Fogg.

— Somente à tarde.

— Ah! — exclamou simplesmente o impassível cavalheiro.

31
A IDEIA DO DETETIVE

Phileas Fogg atrasara-se vinte horas. Passepartout, causa involuntária do problema, estava desesperado. Por sua causa, seu patrão se arruinara!

O detetive Fix decidiu abordar Fogg. Encarou-o e perguntou:

— Tem seriamente tanta pressa?

— Muito seriamente — respondeu Fogg.

— Eu insisto — continuou Fix. — Está realmente interessado em chegar a Nova York a tempo de embarcar no navio para Liverpool?

— Mais do que interessado!

— Se a viagem não tivesse sido interrompida pelo ataque dos índios, estaria chegando a Nova York às onze da manhã?

— Sim, com doze horas de adiantamento em relação à saída do navio.

— Bem, tem vinte horas de atraso em seu cronograma, mas doze de adiantamento se chegasse no trem, como previsto. A diferença entre vinte e doze é oito. Precisa, portanto, ganhar oito horas. Quer tentar?

— A pé? — surpreendeu-se Fogg.

— Não, de trenó!

Em seguida, Fix explicou.

— De trenó a vela. Um homem aproximou-se de mim na tarde de ontem e me propôs esse meio de transporte.

Era justamente o homem que o procurara na estação, e cuja oferta recusara.

Phileas Fogg não respondeu. Mas Fix indicou-lhe o homem, que caminhava na frente da estação. O cavalheiro foi até ele. Um instante depois, Fogg e o americano, chamado Mudge, entraram em uma cabana construída na base do forte de Kearney.

Fogg examinou um veículo de aparência bem estranha. Era uma espécie de chassi montado sobre duas vigas compridas, um pouco arqueadas na frente, que serviam de suporte ao trenó. Dentro dele cabiam cinco ou seis pessoas. À frente do chassi erguia-se um mastro bem alto, com uma grande vela. O mastro era solidamente sustentado por hastes de metal e tinha cordas para içar a bujarrona[38] de grande tamanho. Na parte traseira, uma espécie de leme servia para orientar o inusitado veículo.

Era, como se pode notar, uma espécie de trenó mesclado com barco a vela[39]. Durante o inverno, quando os trens não costumam transitar por causa da neve, esses veículos viajam rapidamente de uma estação a outra. Com um bom vento, deslizam pela planície gelada, com velocidade igual, se não maior, à de um trem expresso.

O contrato entre Phileas Fogg e o dono daquela espécie de barco terrestre foi fechado imediatamente. O vento era favorável. Uma brisa forte soprava do oeste. Mudge comprometeu-

---

[38] Em uma embarcação, bujarrona é a maior vela de proa, de forma triangular, que permite extrema mobilidade durante as manobras.

[39] O veículo descrito por Júlio Verne chama-se, nos dias de hoje, *windcar*. Há registros que os chineses usavam uma espécie de carro a vela para transportar materiais durante a construção da sua grande muralha. Outros registros indicam a existência de uma espécie de veículo movido a vela no Egito antigo. O *windcar* transformou-se em esporte de aventura na Bélgica, em 1898, quando ganhou sua forma atual.

-se a chegar a Omaha em poucas horas. Lá, os trens eram frequentes, e não faltavam ferrovias em direção a Chicago e Nova York. Seria possível recuperar o atraso. Não havia motivo para hesitação.

Mas Fogg não queria expor Aouda às torturas de uma travessia em um trenó aberto, mesmo porque o frio já se tornara insuportável. Propôs que ela ficasse na estação de Kearney, acompanhada por Passepartout. O bom francês teria a responsabilidade de conduzir Aouda até Europa por uma rota mais confortável, e em condições climáticas adequadas.

Aouda se recusou. Não se separaria de Fogg! Passepartout alegrou-se com sua determinação. De fato, por nada no mundo ele queria deixar seu patrão, ainda mais porque Fix pretendia continuar a viagem com o cavalheiro.

Seria difícil dizer o que pensava o detetive naquele momento. Sua convicção sobre a culpa de Fogg havia se quebrado ao vê-lo de volta. "Ou talvez tenha uma carta na manga, que o faça sentir-se seguro na Inglaterra", refletiu. De alguma maneira a opinião de Fix em relação a Fogg havia se modificado para melhor. Mas não estava menos decidido a agir, e, mais impaciente que todos, tinha pressa em chegar à Inglaterra.

Às oito horas da manhã, o trenó estava pronto para partir. Os viajantes instalaram-se, enrolados em cobertores de viagem. As duas imensas velas foram içadas. Com o impulso do vento, o veículo flutuou na neve endurecida numa velocidade de sessenta e quatro quilômetros por hora.

A distância que separa o forte Kearney de Omaha é, em linha reta, de pouco mais de trezentos e vinte e dois quilômetros. Se houvesse vento, em cinco horas, no máximo, poderiam fazer o trajeto. Se nenhum acidente ocorresse, à uma hora da tarde estariam em Omaha.

Que jornada! Apertados uns contra os outros, com o vento silvando nas orelhas, os viajantes não podiam conversar! A velocidade aumentava o frio, gelando as palavras. O trenó deslizava tão suavemente na planície como uma embarcação nas águas e, mais ainda, sem oscilações! Quando a ventania enfunava as velas, estas se assemelhavam a asas de uma enorme gaivota voando! Mudge, ao leme, mantinha a direção, sempre em linha reta.

— Chegaremos no tempo previsto! — garantiu ele aos gritos.

Obviamente, tinha muito interesse em cumprir o prazo. Fiel a seu sistema, Phileas Fogg lhe prometera uma boa gratificação.

A campina era plana. Coberta de neve, assemelhava-se a um imenso lago gelado. O caminho parecia livre de obstáculos. Fogg só tinha a temer três possibilidades: avaria no veículo, calmaria ou mudança na direção do vento.

Mas não! O vento soprava com tanta intensidade que quase dobrava o mastro. As hastes de ferro que o sustinham vibravam, emitindo um som que lembrava um estranho instrumento musical.

Aouda, enrolada nas peles e mantas de viagem, preservava-se do frio. Passepartout, com o rosto vermelho, aspirava o ar que lhe picava nas narinas. Confiante, mantinha a esperança. "Não perderemos o navio para Liverpool!", garantia a si mesmo. Quase chegou a apertar as mãos de Fix, em gratidão por ter se lembrado da existência do único veículo capaz de fazê-los recuperar o tempo perdido. Mas o que Passepartout jamais esqueceria fora o sacrifício de Fogg para arrancá-lo das mãos dos Sioux. "Não arriscou somente a fortuna, mas também a vida! Não esquecerei jamais!"

Enquanto cada passageiro se entregava a reflexões variadas, o trenó voava por sobre a imensa planície coberta pela neve endurecida. Se passou por cima de algum rio congelado, ninguém notou, tal era sua velocidade. A região estava completamente deserta. Não se via uma aldeia, uma estação de trem, nem mesmo um forte sequer! De vez em quando avistavam-se os galhos de alguma árvore, cujo esqueleto branco se retorcia com o vento. Às vezes, bandos de aves selvagens erguiam voo. Outras vezes, lobos, em alcateias numerosas, esquálidas e famintas, tentavam alcançar o trenó para atacar os passageiros. Passepartout erguia o revólver, pronto para disparar contra os mais próximos. Se nessa fase algum acidente detivesse o trenó, correriam grande perigo. Mas o veículo continuava seguindo em alta velocidade, deixando os lobos para trás.

Ao meio-dia, Mudge reconheceu que passavam sobre o leito congelado do rio Platte. Nada disse, mas sabia que dali a alguns quilômetros chegariam à estação de Omaha.

De fato, ainda não era uma hora da tarde quando o hábil condutor abandonou o leme, arriou e prendeu as velas, enquanto o trenó, impelido pela velocidade adquirida, continuou por mais um quilômetro. Finalmente deteve-se. Mudge indicou um conjunto de telhados cobertos de neve.

— Chegamos!

Estavam diante da estação onde passava um grande número de trens, em comunicação com o leste dos Estados Unidos!

Passepartout e Fix saltaram, esticando os membros. Ofereceram as mãos para Fogg e para a jovem Aouda descerem do trenó. O cavalheiro recompensou Mudge regiamente. Passepartout estreitou suas mãos em sinal de amizade. Despediram-se. Em seguida, precipitaram-se à estação de Omaha.

É nessa importante cidade do Nebraska que acaba a linha ferroviária do Pacífico propriamente dita. Para ir de Omaha a Chicago, o trem ruma diretamente para leste, servindo a mais de cinquenta estações.

Um trem direto estava prestes a partir. Phileas Fogg e seus companheiros praticamente se atiraram para dentro de um vagão. De Omaha, nada viram. Mas nem mesmo Passepartout, sempre curioso, se lamentou, ávido por recuperar o atraso.

Em grande velocidade, o trem passou pelo Estado de Iowa. À noite, atravessou o Mississípi e entrou em Illinois. No dia seguinte, às quatro da tarde, chegou a Chicago, já reconstruída de suas ruínas[40] e mais seguramente assentada que antes nas margens do lago Michigan.

[40] Trata-se da reconstrução de Chicago após o grande incêndio de 1871. Chicago era, à época, o maior fornecedor de madeira do mundo, e naturalmente a cidade inteira era construída com esse material. O incêndio começou num estábulo e logo se alastrou, tomando toda a cidade. Trezentas pessoas morreram e 90 mil ficaram desabrigadas.

Mil, quatrocentos e quarenta e nove quilômetros separam Chicago de Nova York. Não faltavam trens na estação. Os viajantes se transferiram rapidamente de um para o outro. A nova locomotiva partiu a toda velocidade, como se tivesse compreendido que o responsável cavalheiro não tinha tempo a perder. Atravessou como um raio os Estados de Indiana, Ohio, Pensilvânia e Nova Jersey.

Finalmente, divisou-se o rio Hudson. No dia onze de dezembro, o trem parou na estação, às onze e quinze da noite. À margem do mesmo rio, em Nova York, bem em frente ao cais de onde partiam os vapores.

Só então descobriram que o China, com destino a Liverpool, partira havia somente quarenta e cinco minutos!

32
LUTA CONTRA A MÁ SORTE

Ao partir, o China parecia ter levado em seu casco a última esperança de Phileas Fogg!

De fato, nenhum dos outros vapores que faziam o trajeto entre a América e a Europa serviria aos propósitos do cavalheiro. Um não sairia antes de catorze de dezembro. Outro ancorava no Havre, na França, e a travessia suplementar até a Inglaterra provocaria um atraso que tornaria inúteis todos seus esforços.

Também não podia contar com outras embarcações, destinadas exclusivamente ao transporte de imigrantes[41]. Além de navegarem em baixa velocidade!

[41] Devido ao contexto político, econômico e social da Europa na segunda metade do século XIX, a virada do século foi um momento de intensos deslocamentos de emigrantes daquele continente para as Américas, do Norte e do Sul.

De tudo isso se informou o cavalheiro, consultando seu guia de viagens marítimas. A aposta parecia perdida!

Passepartout sentia-se aniquilado. "Sou o culpado pelo atraso!", lamentava-se. "Em lugar de ajudar meu patrão, só arrumei problemas!". Quando se lembrava de todas as peripécias da viagem, e das altas somas gastas por seu patrão, às vezes apenas em seu interesse, não conseguia admitir que tudo isso fora inútil, por causa de si mesmo. Cobria-se de injúrias!

Mas Fogg não lhe fez nenhuma censura. Só disse:

— Amanhã decidiremos o que fazer! Vamos!

Fogg, Aouda, Fix e Passepartout atravessaram o rio Hudson de balsa. Depois tomaram um fiacre até o Hotel Saint-Nicolas, na Broadway. Acomodaram-se em quartos espaçosos. A noite passou. Curta para Phileas Fogg, que dormiu tranquilamente. Mas longa para Aouda e seus companheiros, cuja agitação não lhes permitiu adormecer.

No dia seguinte, doze de dezembro, faltavam nove dias e treze horas para o término do prazo da aposta. Que findava no dia vinte e um, às oito horas e quarenta e cinco minutos da noite. Se Phileas Fogg houvesse partido no dia anterior, no China, um dos vapores mais velozes da linha, chegaria a Liverpool e em seguida a Londres na data combinada.

Fogg deixou o hotel sozinho após dizer a seu criado para esperá-lo e avisar Aouda para ficar pronta para partir a qualquer momento.

Dirigiu-se às margens do Hudson. Procurou, entre os barcos ancorados no rio, os que pareciam prontos para zarpar. Na maioria, eram barcos a vela, que não convinham a seus planos.

Quando pensava ter fracassado sua última tentativa, descobriu, ancorado a curta distância, um barco a hélice. Da chaminé saíam grossos novelos de fumaça, que indicavam estar pronto para a largada.

Fogg tomou um bote. Em poucas remadas, chegou a bordo do Henrietta, um barco de casco metálico com estrutura geral de madeira. O capitão estava a bordo. Fogg subiu ao convés, e pediu para lhe falar. O homem veio em seguida.

Tinha cerca de cinquenta anos. Era um autêntico lobo do mar, com aparência carrancuda e pouco sociável. Seus cabelos eram ruivos, os olhos grandes, a pele cor de cobre, musculatura evidente. Estava longe do aspecto de um homem mundano.

— Capitão? — perguntou Fogg.

— Sou eu.

— Meu nome é Phileas Fogg, de Londres.

— E o meu, Andrew Speedy, de Cardif.

— Já está de partida?

— Em uma hora!

— Qual é o seu destino?

— Bordeaux, na França.

— E sua carga?

— Pedras no porão. Não levo frete. Só lastro.

— Tem passageiros?

— Nenhum. Jamais tenho passageiros, nem gosto. Dão muito trabalho!

— Navega em velocidade?

— Entre onze e doze nós[42].

— Aceita me levar para Liverpool, a mim e três pessoas?

— A Liverpool? E por que não à China?

— Eu disse Liverpool.

— Não!

— Não?

— Não. Estou de partida para Bordeaux, e vou a Bordeaux.

[42] Ou seja, entre 20,35 km/h e 22,20 km/h. Os modernos veleiros de regatas transoceânicas podem chegar 70 km/h ou 38 nós. O São Paulo, porta-aviões da Marinha do Brasil, desenvolve 30 nós ou 55 km/h.

— Não importa o preço?

— Não importa o preço.

O capitão falara em um tom que não admitia réplica.

— Mas os donos do Henrietta... — argumentou Fogg.

— O dono sou eu. O navio me pertence.

— Eu o fretarei — insistiu o cavalheiro.

— Não.

— Eu compro.

— Não.

Phileas Fogg nem pestanejou. Mas a situação era grave. Em Nova York, a situação era bem diferente da de Hong Kong, onde o capitão aceitara fazer a viagem. Até então o dinheiro de Fogg superara todos os obstáculos. Agora, parecia não dar resultado algum.

Mas era preciso uma maneira de atravessar o Atlântico, e aquele navio parecia a melhor solução.

Fogg teve uma ideia. Propôs ao capitão:

— E a Bordeaux, me leva?

— Nem que pagasse duzentos dólares.

— E se eu pagar dois mil?

— Por pessoa?

— Por pessoa.

— São quatro.

— Quatro.

O capitão Speedy coçou a cabeça como se quisesse arrancar a pele. Oito mil dólares, sem mudar o rumo! Parecia valer a pena deixar de lado sua pronunciada antipatia por todo tipo de passageiro. "Por dois mil dólares cada um, não serão bem passageiros. Mas uma mercadoria preciosa!", pensou ele.

— Levanto âncora às nove horas — disse simplesmente o capitão. — Estão aqui?

— Às nove estaremos a bordo! — garantiu Fogg.

Eram oito e meia. Desembarcar do navio, voltar ao cais, tomar uma condução, chegar ao hotel, trazer Aouda, Passepartout e até o inseparável detetive Fix, a quem ofereceu a passagem, foram atos realizados pelo cavalheiro com a máxima pressa, mas sem jamais perder a calma, que nunca o abandonava.

No instante em que o Henrietta soltara as amarras, os quatro apresentaram-se a bordo.

Quando Passepartout descobriu o custo de mais esse trajeto, exclamou um "oh!" prolongado, que percorreu todas as escalas do som.

Quanto ao inspetor Fix, disse a si mesmo que, decididamente, o Banco da Inglaterra não seria totalmente indenizado do roubo. No ritmo dos gastos, faltaria uma boa quantia do valor roubado! "Melhor recuperar o que sobrar do que coisa alguma", refletiu, sem jamais abandonar a ideia de que Fogg era o culpado.

33
O NAVIO SE TRANSFORMA EM COMBUSTÍVEL

Logo o Henrietta transpunha a boia que marcava a entrada do Hudson, dobrava a ponta de Sandy-Hook e entrava no mar. Durante o dia costeou Long Island, dirigindo-se rapidamente para leste.

No dia seguinte, treze de dezembro, ao meio-dia, um homem subiu à ponte para tomar a latitude. Não era o capitão Speedy, mas o próprio Phileas Fogg.

Quanto ao capitão, estava preso em seu camarote, e proferia imprecações que evidenciavam uma cólera além de qualquer proporção. Que acontecera? Era simples. Fogg queria ir para Liverpool. O capitão recusara-se a conduzi-lo até o porto inglês. Fogg fingira aceitar ir para Bordeaux, na França. Somente trinta horas depois de estar a bordo iniciara um motim, distribuindo cédulas a marinheiros e foguistas. Agora a tripulação lhe pertencia!

Eis o motivo pelo qual Phileas Fogg passara a pilotar o navio. O capitão fora trancado no camarote. O navio mudara a rota e ia para Liverpool! Era óbvio, para quem o visse, que Fogg já fora marinheiro.

Ninguém sabia como poderia terminar tal aventura. Aouda inquietava-se sem nada dizer. Fix estava pasmo. Passepartout achava a aventura formidável.

O navio avançava rapidamente.

Se o mar não parasse, se o vento não mudasse de quadrante ou se o navio não tivesse nenhuma avaria, em nove dias o Henrietta percorreria os quatro mil, oitocentos e trinta quilômetros que separam Nova York de Liverpool. Embora, seja dita a verdade, o motim armado no Henrietta somado à suspeita de roubo do banco pudessem causar mais problemas do que desejaria o cavalheiro.

Durante os primeiros dias, a navegação ocorreu em excelentes condições. O mar não estava muito agitado. O vento ajudava. Ergueram-se as velas. O barco sulcava as águas com segurança.

Passepartout estava encantado. A última proeza do patrão, sobre cujas consequências ele nem queria pensar, o entusiasmava.

Nunca se vira rapaz mais alegre e mais ágil a bordo de uma embarcação! Era amigo dos marinheiros. Divertia todos com piruetas, malabarismos e outras habilidades de seu passado circense. Todos os tratavam bem e lhe ofereciam bebidas. A Passepartout parecia que a tripulação era composta de autênticos cavalheiros! Já esquecera os problemas da viagem. Só pensava na vitória, tão próxima. Às vezes fervia a impaciência, querendo chegar logo à Inglaterra. Em outros momentos, andava em torno de Fix, em quem lançava olhares penetrantes, mas sem dizer uma só palavra. Já não tinham intimidade alguma.

Quanto a Fix, todos aqueles acontecimentos o deixavam espantadíssimo. Tudo parecia reafirmar suas suspeitas. "Afinal, um cavalheiro que rouba cinquenta e cinco mil libras pode perfeitamente roubar um barco!", pensava. Finalmente, Fix concluiu que o Henrietta não se dirigia a Liverpool. Mas a outro ponto do globo. E que Phileas Fogg pretendia se tornar pirata! "Só assim o ladrão vai ficar em segurança!", imaginou Fix.

O detetive lamentava-se de ter se metido naquele assunto. Não sabia onde ele próprio iria acabar ao término da aventura.

Enquanto isso, o capitão Speedy praguejava em seu camarote. Até mesmo Passepartout, encarregado de levar suas refeições, era obrigado a adotar grandes precauções para não ser agredido.

Quanto a Fogg, nem se lembrava de que havia um capitão trancado a bordo.

No dia treze de dezembro dobraram a ponta da Terra Nova, região muito perigosa, sobretudo no inverno, devido aos frequentes nevoeiros e furacões. Desde a véspera, o barômetro anunciava a próxima mudança na atmosfera. Durante a noite a temperatura caiu. O frio aumentou. O vento mudou de direção.

Mesmo assim, Fogg não quis mudar o rumo. Prendeu as velas. Aumentou a pressão das caldeiras. Apesar disso, a velocidade da embarcação diminuiu, devido à agitação do mar. O vento convertia-se, pouco a pouco, em furacão. Já se temia que o Henrietta não conseguisse atravessar aquelas águas.

O semblante de Passepartout ficou tão carregado quanto o céu. Durante dois dias o rapaz angustiou-se severamente. Mas Fogg era um marinheiro decidido, capaz de resistir às mudanças do tempo. Continuou no rumo, sem baixar a pressão do vapor. Quando o barco não podia passar sobre uma onda, simplesmente a atravessava. O convés era varrido pelas águas, mas a embarcação continuava em frente. Às vezes, a hélice levantava-se das águas. Batia o ar. Mas o navio mantinha-se firme.

O vento, porém, não aumentou de intensidade como temiam. Não veio um furacão capaz de levar tudo em seu rastro impiedoso. O vento também não arrefeceu, impedindo o uso do velame.

Em dezesseis de dezembro fazia setenta e cinco dias que Fogg e Passepartout haviam saído de Londres. O Henrietta não estava tão atrasado a ponto de causar preocupação. Se fosse verão, a aposta já teria sido ganha. Fogg ainda tinha possibilidades de vencer.

Mas o maquinista subiu à ponte e conversou agitado com Fogg. Ao vê-los, Passepartout preocupou-se. Teria dado uma de suas orelhas para ouvir o que ambos diziam. Por fim, conseguiu distinguir algumas palavras, trocadas entre os dois:

— Está certo do que afirma? — insistiu Fogg.

— Absolutamente, senhor — insistia o maquinista. — Não se esqueça. Desde que partimos, estamos com todas as caldeiras acesas. Tínhamos carvão para chegar a Bordeaux. Mas não a Liverpool!

— Vou resolver esse problema — respondeu o cavalheiro.

Passepartout compreendeu tudo. "Vai faltar combustível para a viagem!", pensou, abatido. "Se meu patrão der um jeito, dará mais uma prova de que é um homem excepcional!"

Ao se encontrar com Fix, não resistiu e contou-lhe tudo.

— Ora, ainda acha que vamos até Liverpool?! — inquiriu o detetive.

— Como não?

— Imbecil! — respondeu Fix, que se afastou encolhendo os ombros.

Em outra situação, Passepartout teria exigido satisfação. Imaginou que o detetive estivesse muito humilhado por ter seguido uma pista falsa, e não fez caso do insulto.

Naquela mesma tarde, Fogg chamou o maquinista. Ordenou:

— Aumente o vapor e force a máquina até que o combustível acabe completamente.

Apesar de espantado, o maquinista obedeceu.

Momentos depois, a chaminé vomitava turbilhões de fumaça.

O navio continuou a toda velocidade. Dois dias depois, o maquinista comunicou a Fogg que o carvão estava prestes a acabar.

— Não diminua a pressão — respondeu Fogg. — Pelo contrário, aumente!

Por volta do meio-dia, depois de ter tomado a latitude e calculado a posição do barco, Fogg pediu a Passepartout:

— Traga o capitão Speedy!

Para o francês, era o mesmo que pedir para soltar o tigre! Desceu até o camarote, certo de que o capitão se comportaria como uma fera!

Minutos mais tarde — Passepartout não se enganara —, em meio a uma trovoada de gritos e pragas, o capitão Speedy caía como uma bomba sobre o convés.

— Para onde trouxe meu navio? — foram suas primeiras palavras, sufocado pela cólera.

— Estamos a mil, duzentos e quarenta quilômetros de Liverpool — respondeu Fogg, imperturbável.

— Pirata! — acusou o capitão.

— Pedi para que viesse porque...

— Corsário!

— ...quero lhe pedir que me venda seu navio.

— Não! Com mil diabos, não!

— É que me vejo na necessidade imperiosa de queimá-lo!

— Queimar o meu barco?

— Sim, pelo menos a parte que é feita de madeira. O combustível esgotou-se.

— Queimar o meu barco? — exclamou o capitão pronunciando as palavras com dificuldade. — Um barco que vale cinquenta mil dólares!

— Aqui tem sessenta mil! — respondeu Phileas Fogg, entregando ao capitão um maço de notas.

Esse gesto produziu um efeito prodigioso no capitão Speedy. Não seria americano se, diante de tal quantia, não ficasse impressionado[43]. A raiva sumiu imediatamente. Esqueceu a prisão, as queixas... Era um excelente negócio, pois o barco tinha mais de vinte anos! Se fosse uma bomba de verdade, o capitão não explodiria mais. Fogg havia arrancado a mecha.

— O casco de ferro fica para mim? — negociou o capitão, já amansado.

— O casco e a maquinaria. De acordo?

— Está feito.

O capitão Speedy pegou o dinheiro e o enfiou nos bolsos!

---

[43] Hoje em dia, 60 mil dólares não é tanto dinheiro como naquela época. Isso porque, em um século, o valor da moeda diminuiu por causa da inflação. Em economia chama-se inflação à perda do poder de compra da moeda. Existem diversos fatores que geram inflação e diversas teorias econômicas que procuram explicar como a inflação funciona e como deve ser combatida. O valor proposto por Fogg foi, certamente, bem superior ao de um navio inteiro, na época.

Durante a cena anterior, Passepartout ficara branco de susto. Fix quase teve uma síncope. Gastar uma fortuna e ainda por cima renunciar ao casco e à maquinaria do navio! "Que desperdício, por essa quantia devia ficar com tudo!", pensou.

Quando o capitão guardou o dinheiro, Fogg lhe disse:

— Não se admire. Perderei vinte mil libras se não estiver em Londres no dia vinte e um, às oito horas e quarenta e cinco minutos da noite. Não cheguei a tempo de tomar o transatlântico em Nova York, e como o senhor se negou a me levar a Liverpool...

— E fiz muito bem, com todos os diabos — exclamou Speedy. — Por causa disso ganhei um bom dinheiro!

Em seguida, o lobo do mar acrescentou:

— Sabe de uma coisa, capitão...

— Fogg.

— Capitão Fogg, o senhor tem qualquer coisa de ianque!

Para Speedy, esse era o maior dos cumprimentos. Retirou-se. Fogg ainda lhe disse:

— Agora o navio é meu, concorda?

— Tudo o que for madeira, da quilha ao mastro!

— Excelente. Mande derrubar toda a armação interior para fazer lenha para as caldeiras!

Era necessária toda a madeira seca possível para manter o vapor com pressão suficiente. Naquele dia as cabines, a falsa ponte, as estruturas interiores, tudo foi abaixo.

A destruição continuou no dia seguinte, o dezenove de dezembro. Pior foi no dia vinte, quando já não restava nada senão casco! Nem os beliches sobraram!

Às dez horas da noite o navio aproximou-se de Queenstown, na Irlanda. Phileas Fogg tinha pouco menos de vinte e quatro horas para chegar a Londres e apresentar-se aos outros apostadores! Ora, esse era o tempo necessário para chegar a Liverpool, mesmo a todo vapor.

— Cavalheiro — disse o capitão Speedy, finalmente interessado em ajudá-lo —, lamento muito. Ainda estamos próximos a Queenstown. Não chegará a tempo.

— Ah! É Queenstown a cidade que se vê ao fundo? — quis saber Fogg.

— Sem dúvida.

— Podemos entrar no porto?

— Só a partir das três horas, devido à maré.

— Vamos esperar! — disse Fogg, sem deixar transparecer que tivera uma nova ideia.

Queenstown é um porto da costa irlandesa onde os grandes transatlânticos, vindos dos Estados Unidos, lançam âncora para deixar os despachos do correio. A correspondência era levada a Dublin em trens expressos. E transportada dessa cidade para Liverpool em rápidos vapores, em velocidade muito maior que a dos barcos das companhias marítimas. O correio vindo da América costumava ganhar doze horas nessa viagem. Fogg pretendia ganhá-las também. De acordo com seu novo plano, chegaria a Liverpool ao meio-dia. Estaria em Londres antes das oito horas e quarenta e cinco minutos da noite e venceria a aposta!

À uma hora da madrugada, o que restava do Henrietta chegou ao porto de Queenstown. Phileas Fogg despediu-se do capitão Speedy com um vigoroso aperto de mão.

Os passageiros desembarcaram rapidamente. Fix pensou em prender Fogg imediatamente. Mas não o fez. Por que motivo? Que dúvida tinha em sua mente? Modificara sua opinião sobre Fogg? Chegara à conclusão de que estava enganado? Fosse o que fosse, Fix não ficou longe de Fogg. À uma e meia da madrugada, Fogg, Aouda, Passepartout e Fix subiram em um trem em Queenstown. Chegaram a Dublin ao amanhecer. Imediatamente embarcaram em um navio superveloz, verdadeiro tubo de aço, quase só maquinário.

Às vinte para o meio-dia, do dia 21 de dezembro, Phileas Fogg chegou à estação de Liverpool. Já se encontrava a seis horas de Londres!

Nesse instante, aconteceu o que menos esperava. Fix aproximou-se. Colocou a mão em seu ombro. Mostrou sua ordem de captura. Perguntou:

— O senhor é Phileas Fogg?

— Sim, é claro.

— Está preso em nome da rainha!

34
A PRISÃO

Phileas Fogg foi para a prisão. Ficou encarcerado nas dependências da alfândega de Liverpool, onde devia passar a noite, para posteriormente ser transferido a Londres.

No momento da prisão, Passepartout quis se atirar em cima do detetive Fix. Mas foi impedido pelos policiais. Terrificada com a brutalidade dos acontecimentos, Aouda não conseguia entender coisa alguma. Passepartout lhe explicou a situação. O honesto e corajoso cavalheiro, a quem ela devia a vida, fora preso como um ladrão. A jovem protestou contra semelhante alegação, com o coração indignado. Lágrimas correram de seus olhos ao descobrir que nada podia fazer para salvar seu salvador.

Quanto a Fix, havia prendido o cavalheiro porque assim entendia ser sua obrigação, fosse Fogg culpado ou não.

— A justiça decidirá! — anunciou.

Passepartout ficou arrasado. Quanto mais pensava, mais se culpava. Por que havia escondido o que sabia de Fogg? Quando Fix revelou sua identidade de inspetor de polícia, e a missão de que estava incumbido, por que não advertira seu patrão? Prevenido, teria oferecido a Fix as provas de sua inocência. Ou, no mínimo, não teria trazido Fix junto com eles, se soubesse que seu primeiro gesto, ao desembarcar no Reino Unido, teria sido prendê-lo. Ao pensar em suas faltas, em suas imprudências, o pobre rapaz era presa de irremediável remorso. Chorava. Era lastimável vê-lo. Tinha vontade de bater a cabeça na parede para se castigar!

Aouda e Passepartout ficaram, apesar do frio, sob a entrada da aduana. Não queriam sair dali, para rever Fogg uma vez mais.

Quanto ao cavalheiro, estava certamente arruinado. Justamente quando se preparava para ganhar a aposta! Com a prisão, a perderia definitivamente. Ao chegar aos vinte para o meio-dia a Liverpool, no 21 de dezembro, tinha apenas oito horas e quarenta e cinco minutos para se apresentar no Reform Club. Estava a seis horas de distância de Londres.

Quem entrasse nas dependências da alfândega encontraria Phileas Fogg imóvel, sentado sobre um banco de madeira, sem evidenciar cólera alguma, imperturbável. Não se podia dizer que estava resignado. Mas esse último golpe não o abalara, ao menos aparentemente. Rugia em seu íntimo uma dessas raivas secretas, ainda mais terríveis porque contidas, e que só explodem nos últimos momentos, com uma força irresistível? Não se sabe. Mas Phileas Fogg estava lá, calmo, esperando... o quê? Conservaria ainda alguma esperança? Acreditaria no sucesso, apesar de a porta da prisão ter se fechado diante dele?

Fogg colocara seu relógio sobre uma mesa, e observava a marcha dos ponteiros. Nem uma palavra saía de seus lábios, mas mantinha o olhar singularmente fixo.

Em todo caso, a situação era terrível.

Um homem honesto, Phileas Fogg estava arruinado devido a uma falsa acusação.

Preso como um malfeitor!

Teria pensado em fugir? Seria tentador acreditar nessa possibilidade, mesmo porque, em certo momento, percorreu todo o aposento onde se encontrava, como se procurasse uma saída. Mas a porta estava solidamente fechada. A janela, guarnecida de barras de ferro. Sentou-se novamente. Pegou o cronograma com o itinerário da viagem. Observou a linha onde escrevera estas palavras:

"Dia 21 de dezembro, Liverpool".

E acrescentara:

"80º dia, 11h40 da manhã".

Esperou.

No relógio do prédio da aduana soou uma hora da tarde. Fogg observou que seu relógio estava dois minutos adiantado em relação ao outro.

Duas horas! Admitindo-se que nesse momento embarcasse em um expresso, ainda poderia chegar a Londres e apresentar-se no Reform Club antes das oito horas e quarenta e cinco da noite. Sua testa franziu-se ligeiramente.

Às duas e meia, ouviu-se um barulho e portas bateram. Ouviu-se a voz de Passepartout, e também a de Fix.

O olhar de Phileas Fogg brilhou por um instante.

A porta da aduana se abriu. Aouda, Passepartout e Fix se precipitaram em sua direção.

Fix estava descomposto, os cabelos desalinhados... e mal conseguia falar!

— Meu caro senhor... — balbuciou ele —, perdoe-me. A culpa foi de uma deplorável semelhança. O verdadeiro ladrão está preso há três dias! O senhor está livre!

Phileas Fogg estava livre! Foi até o detetive. Encarou-o duramente. Em seguida, explodiu pela única vez na vida! Encolheu os braços para depois, com a precisão de um autômato, descarregar dois murros no detetive.

— Bem-feito! — exclamou Passepartout.

Fix não pronunciou uma palavra. Não havia nenhuma que valesse a pena. Fogg, Aouda e Passepartout deixaram o prédio da alfândega o mais depressa possível. Atiraram-se em um veículo de aluguel, e em poucos minutos chegaram à estação de Liverpool.

Phileas Fogg perguntou se havia algum expresso pronto a partir para Londres.

Eram duas e quarenta da tarde. O expresso partira havia trinta e cinco minutos.

Phileas Fogg quis fretar um trem especial. Havia muitas locomotivas velozes. Mas, devido às exigências do serviço ferroviário, seria preciso esperar algum tempo. Nenhuma poderia deixar a estação antes das três horas.

Nesse horário, Phileas Fogg, após prometer um prêmio ao maquinista, embarcou para Londres na companhia de Aouda e de seu fiel criado Passepartout.

Era preciso cobrir a distância entre Londres e Liverpool em cinco horas e meia — o que seria possível, se os trilhos estivessem livres em todo o percurso. Mas houve atrasos forçados, e quando o cavalheiro chegou à estação todos os relógios de Londres soavam dez para as nove.

Após uma viagem à volta do mundo, Phileas Fogg atrasara-se cinco minutos!

E perdera a aposta!

35
Pedido de casamento

No dia seguinte, os moradores da rua Saville teriam ficado bem surpresos se descobrissem que Fogg havia voltado a seu domicílio. Portas e janelas estavam fechadas. Nenhuma mudança fora produzida no exterior da residência.

Após ter deixado a estação, Phileas Fogg deu ordem para Passepartout comprar mantimentos e trancou-se em sua casa.

O cavalheiro havia recebido o golpe com sua impassibilidade habitual. Arruinado! Por culpa do malfadado inspetor de polícia! Após ter vencido inúmeros obstáculos, enfrentando mil perigos, ter encontrado tempo para fazer o bem durante o trajeto, naufragara no porto, devido a um desastre que não podia prever, causado pelo detetive! Era terrível! Da quantia que levara ao partir, só restava um saldo insignificante. Toda sua fortuna se limitava agora a vinte mil libras, que estavam depositadas na casa bancária Baring e Irmãos. Teria que dispor delas para pagar os sócios do Reform Club.

Gastara muito. A aposta não o teria enriquecido. Seu interesse estava mais em provar sua tese do que em ganhar dinheiro. Mas, tendo perdido, arruinara-se. Não havia o que fazer.

Destinou um quarto da casa a Aouda. A jovem estava desesperada. Devido a certas palavras pronunciadas por Fogg, ela percebeu que ele meditava sobre algum projeto funesto. Também preocupado, Passepartout vigiava o patrão para que não cometesse nenhuma loucura.

Após apagar o gás que esquecera aceso desde antes da partida, Passepartout velou seu patrão como um cão diante da porta do amo. Aouda não descansou um instante. E Fogg? Dormiu?

Na manhã seguinte, o cavalheiro chamou Passepartout e ordenou-lhe que preparasse o desjejum de Aouda. Ele mesmo tomaria só uma xícara de chá e uma torrada. Pediu que Aouda o desculpasse por não acompanhá-la ao jantar. Precisava de todo o dia para cuidar de seus assuntos. Somente à noite poderia dedicar algum tempo à jovem.

Passepartout observou seu patrão sempre impassível, sem se decidir a deixar o quarto. Mergulhara em remorsos. Acusava-se mais do que nunca do irreparável desastre. "Se tivesse falado a meu patrão sobre os projetos do detetive Fix, ele não o teria levado até Liverpool, e nesse caso..."

Passepartout não pôde mais se conter, e exclamou.

— Pode me pôr toda a culpa, senhor. Fui eu que...

— Eu não acuso ninguém — respondeu Phileas Fogg calmamente. — Pode ir embora.

Passepartout saiu do quarto e foi se encontrar com a jovem, a quem expressou sua preocupação.

— Não consigo nada por mim mesmo, nada! Não tenho nenhuma influência sobre o espírito de meu patrão. Mas você, talvez...

— Que influência teria eu? — surpreendeu-se Aouda. — Se ele não aceita nenhuma? Se ele nunca leu o meu coração? Meu amigo, não se pode deixá-lo sozinho um só instante! Disse que ele deseja falar comigo esta noite?

— Sim. Sem dúvida ele quer lhe garantir uma situação segura na Inglaterra.

— Esperemos — disse a jovem, que ficou pensativa.

Era domingo. A casa da rua Saville continuou como se estivesse desabitada e, pela primeira vez desde que se mudara para lá, Phileas Fogg não foi para o clube. Por que iria? Seus companheiros não o esperariam! Sim, Phileas Fogg não comparecera na data fatal, às oito horas e quarenta e cinco minutos da noite do sábado, como fora combinado! Perdera a aposta! Não era nem mesmo necessário que fosse até o banco para retirar as vinte mil libras. Seus adversários tinham em mãos um cheque assinado por ele, e bastava um depósito para que a quantia lhes fosse creditada.

Fogg não tinha motivo para sair, e por isso mesmo não saiu. Permaneceu em seu quarto, colocando em ordem o que restava dos seus negócios. Passepartout não parava de subir e descer as escadas. As horas não passavam para o pobre rapaz. Escutava disfarçadamente na porta dos aposentos de Phileas Fogg. Imaginava ter esse direito, pois só estava preocupado com o patrão.

Quando, finalmente, Passepartout já não suportava estar sozinho, bateu à porta de Aouda. Entrou em seu quarto e sentou-se em um canto sem nada dizer. Observou a jovem, também pensativa.

Em torno das sete e meia da noite, Fogg chegou. Perguntou se Aouda poderia recebê-lo. Instantes depois, a jovem e o cavalheiro ficavam sozinhos.

Acomodado em uma cadeira, Phileas Fogg observou Aouda longamente. Em sua face, não havia emoção alguma, o Fogg da chegada era idêntico ao da partida. Mesma calma, mesma impassibilidade.

— Perdoa-me por tê-la trazido até a Inglaterra? — perguntou ele.

— Eu? — surpreendeu-se Aouda, com o coração batendo forte.

— Eu era um homem rico, e pretendia colocar parte da minha fortuna a sua disposição. Sua existência seria feliz, e livre. Mas agora isso se tornou impossível. Estou arruinado.

— Eu sei — respondeu a jovem. — Eu é que peço perdão por tê-lo seguido. E quem sabe, ao retardá-lo quando me salvou, contribuído para sua ruína?

— Era impossível que continuasse na Índia, pois teria sido perseguida pelos fanáticos e queimada viva. Por isso a trouxe comigo.

— Veja bem — continuou Aouda. — Além de salvar-me de uma morte horrível, ainda se sente na obrigação de garantir minha situação financeira?

— Sim, mas os acontecimentos se voltaram contra mim. Entretanto, quero dispor o pouco que me resta a seu favor.

— Mas o que acontecerá com sua pessoa? — quis saber Aouda.

— Não tenho necessidade de coisa alguma — respondeu Fogg friamente.

— Estou certa de que um homem da sua posição não ficará na miséria. E seus amigos?

— Não tenho nenhum.

— Parentes?

— Já não me resta família alguma.

— Sinto muito, pois a solidão é muito triste — disse Aouda. — Não tem nem um coração para dividir suas mágoas! Dizem que a miséria é mais leve quando suportada por duas pessoas unidas por um bom sentimento.

— É o que dizem.

Aouda levantou-se. Colocou sua mão sobre a de Fogg e disse.

— Quer me ter como parente e amiga? Aceita se casar comigo?

Fogg levantou-se ao ouvir essas palavras. Nos seus olhos ardia uma chama e seus lábios tremiam ligeiramente. Aouda o observava. A sinceridade, lealdade, firmeza e doçura do olhar de uma mulher capaz de arriscar tudo para estar a seu lado surpreenderam-no. Depois, comoveu-se. Fechou os olhos um instante. Ao abri-los, fez uma declaração:

— Eu a amo! Eu a amo e ofereço minha dedicação!

— Ah! — exclamou Aouda, colocando a mão no coração.

Passepartout foi chamado. Veio imediatamente. Fogg ainda mantinha a mão de Aouda na sua. Passepartout compreendeu o que se passava, e seu rosto resplandeceu de alegria.

Fogg perguntou se não era tarde para ir até o reverendo Samuel Wilson, da igreja de Mary-le-Bone, marcar uma cerimônia.

Passepartout ofereceu seu melhor sorriso:

— Nunca é tarde demais!

Eram oito horas e cinco minutos.

— Casamos amanhã, segunda-feira? — perguntou Fogg de olhos na jovem.

— Amanhã, segunda-feira!

Passepartout saiu correndo.

36
A SURPRESA

É tempo de contar que houve uma verdadeira reviravolta na opinião pública do Reino Unido quando foi preso o verdadeiro ladrão do banco, no dia dezessete de dezembro. Três dias antes, Phileas Fogg era um criminoso procurado pela polícia. Agora, voltara a ser considerado o mais honesto dos homens, que levava a cabo, com precisão matemática, sua viagem de volta ao mundo.

Os jornais voltaram a dedicar manchetes ao assunto. As apostas, contra ou a favor, que haviam sido esquecidas, ressuscitaram com todo o vigor. O nome de Phileas Fogg subiu no mercado!

Os cinco sócios do Reform Club, que haviam apostado contra Fogg, passaram aqueles três dias inquietos. Onde estaria

Phileas Fogg? — perguntavam-se. Chegaria pontualmente ao clube, no sábado, 21 de dezembro, às oito horas e quarenta e cinco minutos da noite?

Foram três dias de grande ansiedade para a sociedade londrina. Expediram-se telegramas para a América e a Ásia, em busca de notícias. Enviaram-se observadores à casa da rua Saville. Mas não conseguiam nem um indício. A própria polícia inglesa não sabia das peripécias do detetive Fix, que se dedicara tão loucamente a uma pista falsa. Tudo isso não impediu que as apostas continuassem a disparar. No sábado à tarde, uma multidão apinhava-se em torno do Reform Club. As apostas cresciam. A polícia continha o povo com dificuldade. À medida que se aproximava a hora da chegada de Fogg, a emoção explodia.

Os cinco companheiros estavam reunidos desde as oito horas no salão do Reform Club. Os dois banqueiros, John Sullivan e Samuel Fallentin, o engenheiro Andrew Stuart, Gauthier Ralph, da Inglaterra, e o cervejeiro Thomas Flanagan esperavam ansiosamente.

Quando o grande relógio do salão marcou as oito e vinte e cinco, Andrew Stuart se levantou, dizendo:

— Em vinte minutos terá expirado o prazo combinado entre nós e Phileas Fogg.

— A que horas chegou o último trem de Liverpool? — quis saber Thomas Flanagan.

— Às sete e vinte e três — respondeu Gauthier Ralph —, e o seguinte não chegará antes da meia-noite e dez.

— Nesse caso, cavalheiros — prosseguiu Andrew Stuart —, se Phileas Fogg tivesse chegado no trem das sete horas e vinte e três, já estaria aqui. Já podemos considerar a aposta ganha.

— Aguardemos — insistiu Samuel Fallentin. — Sabemos que nosso companheiro é um excêntrico de primeira ordem. Sua exatidão é bem conhecida. Nunca chega depois ou antes dos horários combinados. Se aparecer no último minuto, não ficarei surpreso.

— Vamos ver — disse Andrew Stuart, como sempre muito nervoso. — Não acredito nessa possibilidade.

— Com efeito — continuou Thomas Flanagan —, o projeto de Phileas Fogg era insensato. Por mais pontual que seja, não pode impedir atrasos que acontecem inevitavelmente, e bastaria um problema de dois ou três dias para comprometer toda sua viagem.

— É preciso ressaltar — emendou John Sullivan — que não recebemos nenhuma notícia de Fogg durante todo esse tempo.

— Ele perdeu, senhores — insistiu Andrew Stuart —, perdeu cem vezes! Já sabem que o China, o único navio capaz de chegar a Liverpool, vindo da América em bom prazo já ancorou ontem. Vi a lista de passageiros publicada em um jornal, e o nome de Phileas Fogg não constava. Ainda deve estar nos Estados Unidos. Estimo que há de se atrasar ainda uns vinte dias!

— Quanto ao cheque de Fogg, apresentaremos amanhã ao banco, para receber o valor integral da aposta! — lembrou Gauthier Ralph.

O relógio marcava naquele instante oito horas e quarenta e cinco minutos.

— Agora só faltam cinco minutos! — concluiu Stuart.

Os cinco interlocutores olharam-se. O pulsar de seus corações acelerou-se, pois até para bons jogadores o valor da aposta era bastante alto. Nunca os minutos pareceram tão demorados para passar.

Tentaram se acalmar sentando-se à mesa de jogo.

Os ponteiros do relógio marcaram oito horas e quarenta e dois minutos.

Os jogadores distribuíram as cartas, mas a cada instante seus olhares fixavam-se no relógio.

— Oito e quarenta e três! — disse Thomas Flanagan.

O silêncio baixou sobre todos por um instante. O vasto salão de chá estava tranquilo. No exterior ouvia-se o alarido da multidão e uma série de gritos agudos. O relógio marcava os segundos, um a um.

— Oito e quarenta e quatro — anunciou Sullivan com voz emocionada.

Um minuto mais, e a aposta estaria ganha. Andrew Stuart e os outros já não tentavam jogar cartas. Contavam os segundos, de olhos postos no relógio.

Aos quarenta segundos, nada. Aos cinquenta, nada também!

Aos cinquenta e cinco ouviu-se lá fora um barulho ensurdecedor. Aplausos, vivas, gritos variados e até imprecações, que se alastravam sem parar. Os jogadores levantaram-se.

Aos cinquenta e sete segundos, a porta do salão abriu-se. Antes que o relógio batesse o último segundo restante, Phileas Fogg entrou, seguido por uma multidão delirante que havia forçado a porta do clube.

E disse, com voz absolutamente calma:

— Aqui estou, senhores.

37
FELICIDADE, O MAIOR PRÊMIO

Sim! Era Phileas Fogg em pessoa!

Sabe-se que às oito horas e cinco minutos o criado fora enviado à igreja com a missão de marcar o casamento para o dia seguinte:

O rapaz caminhou a passos rápidos, feliz da vida. Ao chegar, esperou vinte minutos na casa do religioso, junto à igreja. Eram oito e trinta e cinco quando saiu. Mas em que estado! O cabelo em desordem, sem chapéu, correndo como um louco, atropelando quem ia na frente, precipitando-se como um furacão pelas ruas.

Em três minutos, chegava a casa. Caiu sem fôlego em cadeira, diante de Phileas Fogg.

— Que houve? — quis saber o cavalheiro.

— Senhor... balbuciou Passepartout —, é impossível casar amanhã.

— Impossível?

— Impossível... para amanhã?

— Por que motivo?

— Amanhã é domingo!

— Não, é segunda-feira! — insistiu Fogg.

— Não... hoje é... sábado!

— Sábado? Não, impossível!

— Sim, sim! — gritou Passepartout. — O senhor enganou-se em um dia! Chegamos vinte e quatro hora antes! Mas agora... só restam... dez minutos!

Puxando Fogg pela manga do casaco, arrastou-o para fora com todas as forças.

Sem ter tempo para pensar, Fogg saltou em uma carruagem de aluguel. Prometeu cem libras de gorjeta ao cocheiro. Este disparou pelas ruas. Rápido como um raio, chegou ao Reform Club.

O relógio marcava oito horas e quarenta e cinco minutos quando Fogg se apresentou no salão, diante dos outros apostadores.

Phileas Fogg havia dado a volta ao mundo em oitenta dias! Havia ganho a aposta de vinte mil libras!

...

Fica a questão: como um homem tão meticuloso, tão exato, havia se enganado em um dia? Como pôde crer que era sábado, 21 de dezembro, se era sexta, 20? Ou seja, setenta e nove dias depois de sua partida?

A razão desse erro é muito simples!

Phileas Fogg havia ganho um dia em seu itinerário, pelo simples motivo de ter dado a volta ao mundo em direção a leste. Se viajasse na direção contrária, para oeste, teria perdido um!

De fato, indo para o leste, Phileas Fogg orientava-se na direção do nascer do Sol. Assim, os dias diminuíam quatro minutos para cada grau percorrido nessa direção. A circunferência do globo possui trezentos e sessenta graus. Multiplicados por quatro minutos, somam exatamente vinte e quatro horas! Ou seja, ganhara um dia sem perceber.

Ao viajar para leste, Phileas Fogg vira o Sol passar oitenta vezes pelo meridiano. Enquanto seus companheiros do Reform Club viram setenta e nove. Esse é o motivo do erro. Fogg pensava ser domingo, quando na Inglaterra era sábado!

O relógio de Passepartout teria comprovado exatamente isso se, além de horas e minutos, marcasse também os dias. Na viagem sempre o mantivera no horário londrino. E agora estava novamente na hora exata!

Phileas Fogg ganhara vinte mil libras. Como gastara cerca de dezenove mil, o lucro era pequeno. Mas não fizera a viagem para ganhar dinheiro. Tanto que ainda dividiu as mil libras restantes entre o fiel Passepartout e o atrapalhado detetive Fix, que Fogg era incapaz de odiar. Unicamente, por mera formalidade e para não fugir de seus hábitos, descontou do criado o valor da conta de gás, já que este deixara o bico aceso no início da viagem.

...

Naquela mesma noite, Fogg, sempre fleumático, perguntou a Aouda.

— O casamento ainda lhe convém?

— Eu é que faço essa pergunta — comentou Aouda. — Estava arruinado, agora está rico.

— Perdoe-me, mas essa fortuna lhe pertence. Se não tivesse me feito pensar no casamento, meu criado não teria ido à igreja, e eu não teria sido advertido de meu erro, e...

— Querido Fogg! — disse a jovem.

— Querida Aouda!

Ambos encerraram a conversa com um beijo!

O casamento foi celebrado quarenta e oito horas depois! Passepartout, explodindo de alegria, figurou como testemunha da moça. Não a salvara? Não merecia tal honra?

Mas na manhã seguinte, ao amanhecer, Passepartout bateu à porta de seu patrão.

A porta se abriu. O impassível cavalheiro perguntou:

— Que houve, Passepartout?

— Descobri uma coisa!

— Do que se trata?

— Poderíamos ter dado a volta ao mundo somente em setenta e oito dias!

— Sem dúvida alguma. Bastava não ter atravessado a Índia — respondeu Fogg. — Mas nesse caso não teria salvado a vida de Aouda, e agora ela não seria minha esposa!

Fogg fechou tranquilamente a porta.

Assim, Phileas Fogg ganhou a aposta. Fez a volta ao mundo em oitenta dias! Usou todos os meios de transporte: navios, trens, até elefante! O cavalheiro demonstrou seu sangue-frio e sua exatidão em todo o percurso! Mas o que ganhou de fato? O que conquistou com essa viagem?

Nada, dirão alguns! Será?

Encontrou uma encantadora mulher, que se tornou sua esposa. E que o tornou o mais feliz dos homens!

Não valeria fazer a volta ao mundo por muito menos?

Notas do tradutor

Fontes consultadas

Web:
http://www.cdof.com.br/avalia14.htm (acesso em 09/05/2012)
http://www.iucn.org (acesso em 09/05/2012)
http://www.websters-online-dictionary.org (acesso em 09/05/2012)
http://pt.wikipedia.org (acesso em 09/05/2012)

Livros:
Bíblia Sagrada. São Paulo: Paulus, 1993.
CHEVALIER, J. & GHEERBRANT, A. *Dicionário de símbolos*. 17. ed. Rio de Janeiro: José Olympio, 2003.
FERREIRA, Aurélio B. de H. *Novo dicionário Aurélio da língua portuguesa*. 3. ed. Curitiba: Positivo Editora, 2004.
FRAZZER, J. G. *O ramo de ouro*. 1. ed. Rio de Janeiro: Guanabara Koogan, 1982.
HOUAISS, A. *Dicionário Houaiss da língua portuguesa*. 1. ed. Rio de Janeiro: Objetiva, 2007.
_____. *Dicionário Webster's. Inglês-Português*. Rio de Janeiro: Record.
MAGALHÃES, R. C. de. *O grande livro da arte*. 1. ed. Rio de Janeiro: Ediouro, 2005.

National Geographic Society. *National geographic atlas of the world.* 8. ed. 2004.

PAUWELS, G. J. *Atlas geográfico.* 1. ed. São Paulo: Melhoramentos, 1996.

SILVA, C. da & SASSON, S. *Biologia.* 3. ed. São Paulo: Saraiva, 2003.

The new encyclopaedia britannica. 15. ed. Chicago: Encyclopaedia Britannica Inc., 1993.

Por que amo *A volta ao mundo em 80 dias*
Walcyr Carrasco

Eu sou um sujeito à antiga. Quando prometo alguma coisa, faço tudo para cumprir. Se dou minha palavra, é o mesmo que assinar um papel. Para mim, é difícil conviver com a rapidez com que as pessoas, hoje, voltam atrás em compromissos já assumidos. Quando criança, ouvia falar dos tempos em que um fio de bigode equivalia a um papel assinado. A pessoa agia de acordo com uma rígida ética pessoal.

Esse é um dos pontos que mais me fascina em *A volta ao mundo em 80 dias*. A história é construída em torno de uma aposta onde o personagem principal empenha toda sua fortuna. E está disposto a perder tudo para manter a palavra dada! Só um herói para arriscar-se a viver na miséria para cumprir a palavra! Mas eu ainda acho que o mundo seria muito melhor se as pessoas considerassem o compromisso assumido, mesmo que só verbalmente, tão importante quanto um documento!

O outro aspecto que me fascina é a questão do tempo. Em *A volta ao mundo em 80 dias*, Júlio Verne fala do fuso horário, mexe com a nossa noção do tempo. Entender o tempo é a chave para este livro! Mas a questão do tempo só é desvendada no final! É, na verdade, a carta na manga com que o autor nos surpreende!

Sempre fui fascinado por conhecer culturas diferentes, e em *A volta ao mundo em 80 dias*, Júlio Verne faz um passeio pelo mundo de sua época. Desde então, muitas mudanças aconteceram. A Índia, por exemplo, não está mais sob o domínio inglês. Isso torna a obra ainda mais interessante, porque é possível saber como viviam os povos num mundo com uma geografia política tão diferente.

Também gosto quando ele fala dos meios de transporte. Hoje, com os jatos de última geração, uma volta ao mundo pode durar bem pouco tempo. No século XIX, só se dispunha de trens e navios. A forma como a viagem é programada é incrível!

E não faltam aventuras, mistérios e bons lances de humor. Sem falar na história de uma paixão que vai até o final do livro!

A volta ao mundo em 80 dias é uma prova de que se podem unir conhecimento científico, romance e aventuras.

Foi um prazer traduzir esta obra e adaptá-la, porque durante um bom tempo viajei junto com Júlio Verne e seus personagens!

Quem foi Júlio Verne

Júlio Verne nasceu na cidade de Nantes, na França, em 8 de fevereiro de 1828. Aos 20 anos mudou-se para Paris, a fim de concretizar o sonho do pai, que queria vê-lo advogado. Antes de terminar os estudos, realizou diversas viagens pelo Mediterrâneo, pelos países bálticos e pela América do Norte.

Durante o período de estudo, a maior parte do dinheiro que recebia do pai era gasta em livros: o sonho de ser escritor não o havia abandonado, a curiosidade que nutria pelas inovações e descobertas por que passava o mundo tornava-o sedento de informações.

Ao se formar, viu que precisava decidir entre as leis e a escrita. Escolheu seguir sua vocação. Em 1863 publicou *Cinco semanas em um balão*, livro que teve grande repercussão e rapidamente foi traduzido e publicado em toda a Europa.

Júlio Verne é considerado o pai da ficção científica, mestre da invenção e criador do romance geográfico e científico. O livro *A volta ao mundo em 80 dias* foi publicado em 1873. O autor escreveu ainda outros livros de sucesso, entre eles: *Viagem ao centro da Terra*, *Vinte mil léguas submarinas*, *A ilha misteriosa* e *O farol do fim do mundo*. Faleceu em 24 de março de 1905 em Amiens, França, deixando ao mundo uma extensa obra, que nos dá as grandes dimensões de sua capacidade criadora.

Quem é Walcyr Carrasco

Walcyr Carrasco nasceu em 1951 em Bernardino de Campos, SP. Escritor, cronista, dramaturgo e roteirista, com diversos trabalhos premiados, formou-se na Escola de Comunicação e Artes de São Paulo e por muitos anos trabalhou como jornalista nos maiores veículos de comunicação de São Paulo, ao mesmo tempo que iniciava sua carreira de escritor na revista *Recreio*. Deste então, publicou mais de trinta livros infantojuvenis ao longo da carreira, entre eles, *O mistério da gruta*, *Asas do Joel*, *Irmão negro*, *A corrente da vida*, *Estrelas tortas* e *Vida de droga*. Fez também diversas traduções e adaptações de clássicos da literatura, como *A volta*

ao mundo em 80 dias, de Júlio Verne, e *Os miseráveis*, de Victor Hugo, com o qual recebeu o selo de altamente recomendável pela Fundação Nacional do Livro Infantil e Juvenil. *Pequenos delitos, A senhora das velas* e *Anjo de quatro patas* são alguns de seus livros para adultos. Autor de novelas como *Xica da Silva, O cravo e a rosa, Chocolate com pimenta, Alma gêmea* e *Caras & Bocas*, é também premiado dramaturgo — recebeu o Prêmio Shell de 2003 pela peça *Êxtase*. Também foi premiado pela União Brasileira dos Escritores pela tradução e adaptação de *A Megera Domada*, de William Shakespeare.

É cronista de revistas semanais e membro da Academia Paulista de Letras, onde recebeu o título de Imortal.